中南财经政法大学诗人诗选

山湖集

〖2022年卷〗

主编 王键 阿毛

武汉出版社

目录 / Contents

王　键　一只等待出门的鞋子 / 002　游遗爱湖公园 / 003
　　　　　夏日的正午 / 004　马踏白纸 / 005　分手 / 006
　　　　　亏损的光 / 007　寒露 / 008　烟灰缸 / 009　砚台 / 010
　　　　　猫 / 011　早晨的葡萄园 / 013　在一起 / 013
　　　　　耳鸣 / 015　在大别山上听蝉 / 015
　　　　　那些长在我屋后的南瓜 / 016
　　　　　我们在秋天里吃螃蟹 / 017　飞行 / 019
　　　　　新加坡纪行 / 019　最后一夜，在格劳斯山滑雪 / 021
　　　　　无限的蓝 / 022　我在黎明来临前写诗 / 022
　　　　　关于夜的小礼赞 / 023　健身房里的美学 / 024
　　　　　锦鲤 / 025　加减法则 / 026　其实我说的不是钱 / 027
　　　　　春天的另一张脸 / 027　房子里的水滴声 / 028
　　　　　背对世界的父亲 / 029

李鸿鹄　这世界的寂静 / 032　时间的遗址 / 032　幻觉 / 033
　　　　　世界的另一端是陌巷 / 034　我抱有雪的温暖 / 035
　　　　　时间与海水 / 035　在小雪尚未到来的时辰 / 036
　　　　　你的眼睛就像一片冰湖 / 037　我被秋的风爱着 / 037
　　　　　一匹被孤独放养的马 / 038

王劲松　饭盒 / 040　码头 / 040　在香港坐地铁 / 041

程　峰　霜的谜语 / 044　柿子 / 044　约等于 / 045
　　　　　感应——与波德莱尔同题 / 046　树上的阿多尼斯 / 047
　　　　　清明书 / 048　白玉兰 / 049　木荷 / 049

001

	过客的本分 / 050　母亲节那天 / 051　房间里的大象 / 052
	美好的时刻 / 053　面试 / 054　云冈石窟 / 055
	登悬空寺 / 056　一个人在辉腾锡勒草原 / 057
	阿富汗的眼泪 / 058
	街头艺术家，或一个精神失常的女人 / 059
	青辣椒与红辣椒 / 060
江一木	父亲 / 062　家乡的秋 / 062　一道墙的花 / 063
	皈依边城 / 064
李　扬	等水来 / 066　罂粟花 / 066　与海子有关的一切 / 067
	草原遭遇一场暴雨 / 068　跺脚 / 069　偶感 / 069
	雨中意象 / 070　初雪 / 071　五月的王 / 071
	北京，北京 / 072　二月末的散文诗 / 073
高　树	灵犀 / 076　爱波光和水 / 076　比苍凉更近的温暖 / 077
	一块石头在等一滴雨 / 078　虔诚 / 078
	做一只幸福的老虎 / 079　我和一只小狗相处甚洽 / 080
	仿佛回到人群深处 / 080　一场批判性对话 / 081
佩　韦	日子之美 / 084　鸟的日子 / 084　夜色 / 085　荒月 / 085
	秋之寻 / 086　七日之恋 / 087　霜降 / 087　剪发 / 088
於中甫	放大或缩小 / 090　蜗牛 / 090　出门在外 / 091
	落羽杉 / 091　绣花的女人 / 092
	给我们带来温暖的东西 / 093　那些地方 / 094
蔡　永	上邪 / 096　我很忙的 / 096　一件浪漫的事情有多难 / 097
	把花瓣设成手机桌面后 / 097　浪漫是不合时宜的 / 098
	沉湖 / 099　在九真山登高 / 100　秋天的反义词 / 100
	急就章 / 101　太阳是不需要歌颂的 / 101　致辞 / 102
	献诗 / 103　4 号线 / 104
唐　驹	白驹之行 / 106　星月夜 / 107　绘画师 / 107
	缉凶者 / 108　影子武士 / 109　梦见大瀑布 / 110
	弹劾 / 111　陪审团 / 111　海岩石 / 112
	昭陵六骏之一 / 113　昭陵六骏之二 / 114

森　森	湖畔 / 116　向日葵 / 116　凤凰古城 / 117
	在乌镇 / 118　小陈同学 / 118　月光的重量 / 119
	南方的心跳 / 120　夜钓 / 120　东坡书院的石碑 / 121
	远方 / 122　临街的窗 / 123　在雨中 / 123
	山里的石头 / 124　拣豆芽 / 125　自由灯塔 / 125
陆海峰	开元寺 / 128　春风祭 / 129　十年以后 / 129
	抛弃 / 130　素颜 / 131　晨曲 / 132　音乐花盆 / 132
	吃包记 / 133　黑洞 / 133　红绿灯 / 135　刮胡子 / 135
	弦月 / 136
木　童	立夏 / 138　石竹花 / 138　红色木棉花 / 139
	清明 / 140　登临 4680 米 / 141　华南植物园 / 142
	黑色的猫 / 143　六一的夏蝉 / 143
	为爸爸理发的日子 / 144
胡丹丹	小乌鸦 / 146　妄念 / 146　吞咽 / 147
	城市早起的鸟儿 / 148　关于爸爸的意象（组诗）/ 148
陈　璇	热的废墟 / 154　模糊的时间 / 154　隐入尘烟 / 155
	瓷器中年 / 156
一　行	寂静 / 158　献给卡米拉的哀歌 / 158　独唱 / 159
	制陶者 / 161　弥漫，或乌鸦之死 / 162
	我等着起风 / 164　献给爱米莉的玫瑰 / 165
	木匠情歌 / 166　三月二十六日 / 167　冥想 / 168
	"孤独的谋杀者" / 168　地平线 / 169　停驻 / 170
	体罚简史 / 171　吃栗子 / 172　重叠 / 173　水声 / 174
	因果 / 175　深与浅 / 175
徐阳光	秋夜 / 178　饮菊 / 178
	苍耳这个时候没有经历过悲伤 / 179
	守护一朵南瓜花 / 180　旧事物 / 181
	多年以后再登凤池山 / 181　说书者 / 182
	如果没有流水，游鱼该多么孤独 / 184
陈波来	降落 / 186　空中花园 / 186　听到 / 187　自省 / 187
	绿荷 / 188　啊，火焰 / 188　麻雀 / 189

	无题，或者雨 / 190　放下 / 190　花朵与引擎 / 191
	过年 / 191　惊蛰日 / 192　感秋 / 192　休渔季 / 193
	白露 / 193　雨水 / 194　引发哮喘 / 194　台风 / 195
	入海口清淤 / 196
文　博	一壶茶 / 198　湖 / 198　水骨 / 199　清晨的鸟 / 200
	老房子 / 201　小河 / 201　夏至 / 202
廖松涛	认同 / 204　悼金黄的稻束 / 204　石匠 / 204　葡萄 / 205
	十渡 / 205　心跳 / 206　一个人的月亮 / 206
	祁连山 / 207　鱼疗 / 207　稻田里的小姑娘 / 208
	花开 / 208
江　黎	五月的后山 / 210　乡恨 / 210　以诗注世 / 211
	湖徒 / 212　上帝的盆景 / 213　透过门缝 / 214
	我住长江边 / 215　要有雪 / 216
汪少乾	婺源行 / 218　工作 / 218　或许 / 219　青鸟 / 220
	屋顶的歌声 / 221　追海者 / 221　我的小风筝 / 222
	日落 / 223　五色碑 / 223　自由 / 224　白色情人 / 225
	童　话 / 225
刘兰珍	过海子山 / 228
	白头之下——仰望央迈勇雪山 / 228
	魔鬼城日落 / 229　像大熊猫一样活着 / 230
	淋湿杜工部的，是冰冷的秋雨 / 230　天路 / 231
	七夕，被遮蔽的英仙座流星雨 / 232
盛　艳	白鸟 / 234　风闪过 / 234　绿网 / 235　巢 / 236
	看云去 / 237　素描 / 238　圆木 / 239　修剪 / 240
	九月十一日林间听摇空竹兼赠垂髫小儿 / 241
	甘霖 / 242　云聚 / 243　过街 / 244
	1月8日路遇广告牌 / 245
阿　毛	在良友红坊听茶 / 248　花朝河湾群雕的议事 / 248
	孤独屋 / 249　螃蟹山听雨，和首饰直播 / 250
	现实主义的沙滩 / 252　海滨城市客厅 / 253
	在高原 / 254　中老年的中秋月 / 255

牛尾、帐篷与月亮 / 256　呜嘟忆 / 257

湖边露营夜记 / 259　得以永生的江汉路步行街 / 260

在愧山石驳岸观长江 / 261　飞鸟屋 / 262

画自己 / 263　有理想 / 264　悲怆曲 / 266

客厅的跑步运动 / 267　幸福伤感素 / 268

记得我 / 269　在阳台上 / 270　晨曲中的生肖 / 271

清晨恍惚书 / 272　缓慢生活的…… / 273

访荒野中的小径 / 274　失眠者的清晨 / 275

重回抒情 / 275　病中的几何学 / 276

傍晚的空中花园 / 277

附　录　诗歌照亮山湖 / 280

"山湖诗群"：历史情态与美学风貌 / 306

诗人的山湖在山湖以外 / 315

在规训与自我启蒙之间寻获灵光 / 320

王　键

中南财经大学（今中南财经政法大学）法学学士，北京师范大学经济学硕士。20世纪80年代开始用笔名楚石发表诗歌作品，作品见诸中外诗歌刊物，入选多种诗歌选本。出版诗集《异乡人》。现居北京。

一只等待出门的鞋子

带着雪,和
红海底的泥泞

带着一脸的疲惫
和憔悴

敞开胸怀,让汗
流尽,让光进来晒一晒

像阳光下的老兽
在睡眠中放慢呼吸

像回到子宫里的孩子
在蜷缩中,收缩
身上的皱褶

头,朝着大门口,即使
灰头土脸,也随时
准备好下一次的出发——

尽管它已走失了
那形影不离的另一半——

在流亡的路上!

游遗爱湖公园[1]

人挨着人
一块石头在
另一块石头之上

夏天里蓬勃的事物
涨满我的双眼

它们,还在生长
像这湖里不断升高的
水位

英年中的
芦苇
摇头拍手
它们,吹响了夏日
欢快的笛音

江柳摇曳
最为多情
在一场暴雨后
发起曼妙婀娜的
低语

抬头望天
另一场风暴
像追赶流放的盛事
正马不停蹄地赶来

---

[1] 遗爱湖公园位于湖北省黄冈市,是为纪念当年苏东坡被贬黄州时在黄州的生活和写作而建设的主题公园。

遗爱湖，像个恋爱中的女子
敞开了衣襟，准备着一场
旷世的相遇

而类似的风流
莫过于
当年东坡先生
询问农稼
的细语：

"秋天里种下的豌豆
如何越过寒冬？"

夏日的正午

苦夏
用比白炽灯强烈得多的光
给万物执行酷刑
我们坐在有冷气的房间
吃火龙果 品尝
来自夏天深处的果实
那深红闪亮的果子
像夏天淤血的心脏
这个时候，朗诵诗歌和讨论
哲学都会心律失常
而曾经欢愉的灰鸽子
也停止了鸣叫
它们栖息在一个阴凉的金顶之下

它们已不再关心海平面的高低

当日晷收走了地上的阴影
我们走出铁门
进入一个赤裸的梦境
我们将剩下的果肉（带着籽儿）埋入
花园的土中
我们不会期待春天发芽之类的事情
我们只是按照事物的秩序
安置它们
我们拍拍手上的土，嘴上仍有
火龙果殷红的血迹

进入一片丛林，世界静默
我们轻快的脚步声
惊醒了一只午睡中的大刺猬
它的躲闪逃跑之心
让我称奇：
那么多向着人竖起的芒刺
每一根都牢牢扎在了它的肉身
之上！

马踏白纸

再一次，你来到马场
没有点兵台，但有无名的敌人
在野地里撒着野

沿着温榆河边的林间小路

你，策马前行
马蹄，敲打路面
像在敲打秋天的白骨
树林里的新坟
在疼痛中醒来，发出尖叫

时代的骑手已经跨河而去
你迷恋的梦境，在马背上
跃动
阳光里，无人的群马
彼此踫撞着
发出比河水还要闪亮的光芒

这片白桦林，冬天的信使
向天空抛洒着纸钱
马，不踏飞燕，踏
那些白纸

诗歌，写在白纸上

分　手

草的意志
像追风的大悲咒

风愈紧
你脖子愈短

记忆的绳子，像蛇

添你的旧伤

你从一个梦里醒来
进入另一个梦

上吊的绳子
从一头紧握另一头

循环是一个大故事
你在手里找手

你在掌声里找无言

而绳子,丢在发黄的草丛
像被它遗弃的肉身

亏损的光

在一面落地玻璃墙后面
你修理亏损的光

特斯拉,是一辆新车
它靠光驱动

大面积的亏损,一个
冷黑洞,你尝试
用一杯现代性的咖啡
温暖它

量子在纠缠,我和你
在平行空间
永不纠缠

我与我,也不纠缠

我的特斯拉,正
接受一颗移植的心脏

它要飞向月亮山——
那更加荒凉的秋季

寒　露

寒露伤身
大把掉着头发

秋天到时,树木
开始秃顶

秋天,秀出它的肌肉和骨骼

城市的身量
在变大
那些明亮的楼宇
是你早晨的容颜

什么东西留在了昨夜
什么东西投向了明天

你骑着秋老虎去到街上扫落发

而秋风,正将落光了叶子的树
紧紧抱住

烟灰缸

燃烧的焦虑,挥之不去
的惆怅。忧伤在方寸之内
游走。

它们,都经历了火的洗礼

那上升的,有迷人的轻盈
那落下的,轻盈得通透

虚心的美是完全放空了自己

暗红的磷火,行走于黑白人世
它在寻找尝过百味的嘴。
"最洁白的灰烬",留下的是
灵魂和精神

吐纳,是两个动作,既相反又连贯
一枚金币的两面,往往写着
同一种人生

幸存者是那未燃尽的剩余物

像生活中的余数
也像某种未完成的命运

它们都被接纳和承受——
在一个拥挤的小空间里

砚　台

一块石头
带着原生家庭的性格
用刚烈、用黑金刚粉
用浓稠的黑色之血
画山水，画出的山水
却安静得像刚刚下过的
一场大雪

不安静的是文字——
那些痛苦的汉字
是你翻江倒海的杰作
那些被拆解、拼装、修理过的文字
在你的书房里
叹息、呻吟、尖叫、辩论
它们跌跌撞撞的身影像酒鬼
在法庭上诉说冤情
而那只雪中的老鸦
它披挂冰雪
一言不发
沉默，比石头里的黑暗还要深广

但是，谁来解释：
"如何用石头里的黑暗
在一张白纸上画出
雪花？"

猫

一

透明的玻璃窗
一个深渊的入口

斯芬克斯猫，
像灰色的精灵
在窗玻璃上捕捉
光

它用爪子抓那光

风，将阴影送过来
将光年之外的光景
送过来

白云孤悬，"长路在燃烧"[1]
烧掉的都是好光年

一个算法，展开
我们苦难的旅程

1　引自西蒙娜·薇依的诗《门》。

十个数字,成为我们的金刚魔戒

斯芬克斯猫,用一只手按住
人间的荒诞
另一只手,则探出窗外
伸向虚空

……未知的开端!

二

猫咪,用最轻的脚步
夜行

它,比我的睡眠
还要轻

比我的梦还要
神秘

它用小脑袋摩擦
我的大脑袋

用小手
试探我的大手

用它的小舌头
偷吃我的一小块梦

梦里的鹦鹉说出
白昼

早晨的葡萄园

这里，夏日的早晨
空气中弥漫着一股香气
凉风，回旋在藤架之间
发出轻快的哨音
那些垂向泥土的一串串青色的葡萄
像少女滚圆的乳房，正拼命生长
很多清晨的露水挂在它们的上面
像是人的泪水。昨天，我们刚刚
为一国埋在购物中心建筑里的生命哭泣
我们也为那些射向无辜百姓的炮火而羞愧
我从葡萄枝上摘下几串果子
像是从耶稣手里接过它们
——为那些刚刚进入愉快假期里的孩子们
我们会一起品尝青涩和未熟的苦味
我想，他们有了这个假期的第一堂课
那不是有关植物学的
而是有关战争与和平，有关生命学的课程
在这个安宁的夏季
在寂静而丰盛的葡萄园里

在一起

你死去之后
我们在一起

我们一起采柚子

水晶的柚子被剥开
摊开在桌面：
这是另外一个四月
是七个纯真钻石的四月

我们一起捕鱼
鲜活的生命如何才能
逃脱人的罗网
如同人不能逃脱人的罗网
黑暗中的繁星，照见
鱼儿搅动的水花——
那是我们最为古老的星辰大海

我们一起散步
在尚有冷意的中午
在飞尘滚动的马路上
在流动的人群中
我们的对谈
涉及生死爱欲 和道路
——你却用死掌握了最后的真谛

我们一起举杯对饮
笑声，在你怀里冲撞
清风送来火焰 燃烧我们
回光，照见一种超越尘世的幸福
我们开口，舌头上有火，点燃
业已暗淡的信心
我们用手，发出永远在一起的誓言

——在你死去的四月！

耳　鸣

失去的声音
在
时间的回廊之壁
踉跄——
回家后的
激
动

在大别山上听蝉

这山上的清凉，用
阴影压住了尘世的热浪
蝉，孤独地立于高枝
仿佛得了道的高僧
身披黑袍 在高处
打坐、入禅
它们只吃最简单的东西——
朝饮甘露，夜吸树汁
它们的叫声与山下的不同，"知——"
声音平滑而悠长
像一架无人机轻轻穿过
一支曲子的低音区域
那是尝过人间炎凉后的声音：
平和、耐心、低调
你从中听不出
悲喜

那些长在我屋后的南瓜

那些长在我屋后的南瓜
四散地躺在草丛里,挂在树枝上

它们像笨拙的画师
一个夏季,都在努力学习如何
将一个圆画得更大,画得更圆
从夏天到秋天
那些圆终于画成

那些熟透了的南瓜
它们有着木头一样的质感:
坚硬、粗糙而温暖

我凝视它们:
那些橙红
是烈日涂抹留下的颜色
那些斑白
是秋霜风化后的化石

它们是秋天坚硬而稳重的头颅

我们在秋天里吃螃蟹

一

手撕螃蟹和饼,再
配以吴语和酒,我们吃
我们吃着秋天里的诗意

红色的铠甲,来自
火的烧烤,这是进化了的
打铁铺的技艺

刺破甲胄,将白色的肉
挑出,将乳白色的膏和
橘红色的黄挑出——
献给秋天作为燔祭——
秋天,有着比老虎还要锋利的牙齿

医生说,这走异路的大寒之物
是医治时代燥热的良药
看哪,秋天里虚胖的人是那么多

那么多的人,在太阳底下举着刀叉
而我们则在月光里,吃螃蟹
吃秋天吴越的晚景

万物都在走向衰败,唯有月亮,
同一个圆月,已走过千秋万代
她仍然不沾染一点点灰尘
而诗意早已换了面目

二

上海人是吃螃蟹的大师
他们吃螃蟹,犹如庖丁解牛
知微探幽,不放过每一个细节和局部

掰开螃蟹的铠甲,卸下它们的手脚
吸干其骨髓和肉,当然
红的蟹黄和白的蟹膏总是会引起
一阵兴奋的惊叫

吃,只是序曲,见证奇迹的时刻
是在敲骨吸髓之后
他们总是要在吃完之后
将螃蟹破碎的残肢接起
将折断了的手和脚拼装上
将它们坚硬的铠甲重新穿上——
看,一只完整的螃蟹犹如获得重生
它静静地卧在盘子的中央
仿佛一件精心创作的"装置艺术"
供人们观看和欣赏
人群中响起了第二次兴奋的惊叫——

这是完美的一课:

"还有什么比破碎的生命更加完整的?"

飞 行

我总是在上飞机前带上一本书
一本我心爱的书
我带它一起安检、一起候机
我和它一起飞,一起去
云里唱首歌,去星星窝里
打个响鼻,就像长跑中的奔马
或者,在气流里旋转、跳舞,然后哭泣
像你昨天离开我的房间时做的一样。
这本书,可以是一本诗集,也可以是一本
小说,一本讲述宇宙万物奥秘的科学著作
或者是某个哲学大师新出炉的思想……
世间的人写了这么多的书,我经常在打包时
举棋不定:"今天,我该跟哪位聊聊?"
最终,我发现,所有的书都不及那本上帝之书
想想看,在天上,有谁比他更适合聊天呢?
况且,此刻,我离他是如此之近
从未有过的亲近!

新加坡纪行

小而美的国度
像一个最小号的天使
在赤道,徒然向着太阳张开
翅膀

风自海上来,穿过

滨海花园迷人的晨曦
以及高大雨树闪光的叶片
它在街上行人、车队和
密集的楼宇之间掀起的一阵
波浪，像远处的那片温顺之海
像夜晚风情万种的女子，双手轻抚
你过于老成的身体

我从滨海湾金沙酒店的高速电梯
下来，刚用完餐，食物丰富而精致
餐前的祷告淹没在一片喧嚣的人声之中
我感到轻松，身体里有一片浪花
像阳光一样涌上心头
神恩，最终以万物馈赠的形式呈现
尽管有一些馈赠像早餐中的食物，苦涩、
反胃，难以下咽

伫立在一片壮阔的蓝色之中，我看见
纳尼亚的少年骑着狮子从海上
走来，海鸥和鱼群环绕在他的
周围。那最后一个七日放飞的鸽子
也在海鸥群里，它
仍在扮演那个信使的角色[1]
但在海平面不断升高的今天，它
要送给我们什么样的信息？
而那征服大海的少年和狮子已经
在城市里安居。

1　根据《圣经》中关于"挪亚方舟"的记载：上帝因罪而降下洪水惩罚人类，挪亚和家人在方舟内度过一百九十天后，从方舟放出乌鸦去看水退去没有，后又每七日放出鸽子查看。在第二个七日，飞回的鸽子嘴里叼着新拧下来的橄榄叶子，挪亚便知道洪水已经从地上退去。

暴风雨洗礼后的城市，用年轻而洁净的蓝色
带给人们一个惊人的启示——
这尚未长大的天使，来自那"七日之鸽"
带回的一片新长出的橄榄树叶子。

最后一夜，在格劳斯山滑雪

巨灯照耀的雪带，远远看去
像一条火舌，从雪原中
吐出，轻吻
这个温和的海边之城
这是最后的一日，衰退动荡之年
就要离去
我们去到冷冽的风雪之中告别
我命令跨山的缆车升高、再升高

我们换上雪衣，肩扛雪橇
向雪山深处进发
那里的风雪
迷人眼目
那里的空气
更加冷峻

无限的蓝

嘴对着嘴,手交换手
有嘴无心

你在蓝天里找心

无限的蓝,不动声色

无限的沉默,无限的深渊

你从汗水里出来
去到蓝色的水里

你在水里找心

城邦,被水拘禁

海底散落的金币和骨头
紧紧地拥抱在一起

我在黎明来临前写诗

我怕错过这绚丽的秋景
从此长眠不醒

黎明尚未来临

大地黄金般地沉默
万物长眠 空气干净得
像一汪高原上平静的湖水

我走向相濡以沫的书桌
旋亮的灯盏,照见黑暗中的书桌
火焰般雀跃

一条河流从书桌上流过
一棵树走到书桌的中央停驻

而词语,似受惊的壁虎
正从墙的裂缝里探出
脑袋

关于夜的小礼赞

我总是在夜晚
燃起希望
还有那挥之不去的情欲
在白天,我又亲手
浇灭它

在白天,我被理性和琐碎
碾压

我用十进位制的精确
计算每件事情的得失
我用小心和笑脸

求得与世界的和平共处

我因此获得了成熟的好名声

有时，我也有长久的沉默，那是
我进入最深的厌倦和疲惫之中

但一进入夜晚我就欢喜
我喜欢夜的赤裸和它的深不见底
在夜晚，我不用看黑暗的脸色
我甚至用一根希望的刺扎它

健身房里的美学

黑色的器械，蹲伏在日光灯下
闪着冷兵器时代的光

那些需要打磨的肉身
在它们上面翻滚、腾跃

人与兵器的纠缠较量，如同
人与铁之间的相扑

什么是身轻如燕呢？
那是骆驼穿过针眼的渴望
而瘦身的运动是用水
带走身体里多余的部分
这个过程用燃烧来实现，这也是
水与火的辩证法。

热火朝天的房间，有着
古人炼丹房的气氛
拉伸、奔跑、压腿，流汗的身体里
有一个小小的丹炉在滚动
这里，每个人手里都捏着一把审美的尺子

有人在日历上写下三围数字，写下
"平腹、六块腹肌、六十公斤"的目标；
有人则发出凌云壮志：
"我要瘦成一道闪电！"

也有人换上干净的衣服
移身出门：咔嚓，拍下一道闪电的照片

锦　鲤

它们拥挤在一个冬天的窄门
分不清是要逃离还是进入
它们个个披戴着锦织的彩旗

它们有时也会散开
如一朵花儿的绽放

那些从严肃工作中出来的人们
携带食物和奖赏
前来观看这水里的焰火表演

他们认为
严酷的生活更需要美——

最好是那种艳俗、肤浅的

眼前这斑斓的景色
让他们眼花缭乱、呼吸困难
——透不过气来的还有那些迎向食物的嘴！

加减法则

月亮又圆了，像一个人的回归，一段
关系结束的前奏。月光照出万物
照出人间大大小小的悲欢

月的盈亏，犹如潮的起落，它演绎着
一个机制。一个数学的简单算法。此时，月下
的大海，有百万精兵在敲击着前进的鼓点。而
生活里则充满着撤退和妥协。

我因此关心那些亏损了的光辉和荣耀

其实，太阳底下的阴影是一种抵抗
沉默和无声也是，死亡更是。
说生活的辎重过于简单了，说生命的苟且
也过于无情。
但我们面对日益沉重的肉身时总是发出
阵阵叹息。

而减法并不是轻省的，它带着被掠夺的屈辱
和泪水，当然，有时是羞愧。一碗水的
寡淡，胜过生活中的五味。生活中的

简朴之美仿佛今天隐去星星的夜空。

啊,加法与减法,一对孪生的兄弟
事物中精妙的平衡——
我们的心跳每增加一秒,人间的
寿命则减去一秒。

其实我说的不是钱

说到钱,我更喜欢叫它银子,
拿在手里沉甸甸的。
它有更加真实可感的形象
像辰星,像船,像来自大海深处的
白色贝壳,身体里过滤过千年流水
而现在的钱,比纸薄,比阿拉伯数字轻
轻于鸿毛,轻于白云。
有人说它是黄金的第二张脸,但是
它再也不能像黄金那样
在天空中舞蹈和歌唱。要我说,
它是变暗了的白喉[1],在这喧嚣的大时代
合唱里它唱哑了自己。

春天的另一张脸

春雨有时会一改温柔的面色

1　指病态或病变了的喉咙,非指疾病名称。

她用狂风大雨款待万物

大地被抽打
早开的杏花被狂风给卷走

而迎春花则在一场暴雨的浇灌中
纷纷睁开了眼睛

暴雨过去,她们清亮的眸子在枝条上
清晰得像夜晚的星子——

像一个被突然唤醒的人
被一句话、一个词,或者一阵猛烈的击打叫醒

什么是醍醐灌顶?
什么是润物细无声?

只有大地在伟大的接纳之中
一言不发,它敞开胸怀——

向人们坦呈生命丰盛的秘密

房子里的水滴声

我总在房子里听见"滴答滴答"的声音
它好像来自某个角落,来自墙与墙的空隙
抑或是天花板上面的某个"吊空"的区域?
我仔细聆听、查看、搜寻,试图
从墙壁渗出的水渍寻找源头,但我总是

一无所获，墙面干净，声音遥远：
那个声音似乎就在眼前，但你走过去细听
它又跑到某个很远的地方
这声音让我抓狂，我被它搞得疲惫不堪——
它有"穿石的意志"，我有放弃的决心：
"去他妈的，这未'被捕获的水滴'[1]"
此刻，我只想钻入街边的一家茶馆
要一杯经典的英国红茶，在"昂贵的水滴"[2]里
捕获那些生活中隐秘飞行的超低音！

背对世界的父亲

在医院，在 ICU
父亲不能呼吸
医生将他的身体翻转
为了让他衰弱的肺能够工作

父亲走时是下午 4 点 51 分
新年后的第四天
他趴在床上　安静得像个婴儿
他用背对着我们和世界
这个形象也是他一生面朝黄土的写照

我们看不见父亲的脸
他走得是否安详
或是痛苦和不舍

---

[1] 化用托马斯·特朗斯特罗姆《浓缩咖啡》一诗中的诗句："这被捕获的昂贵水滴"。

[2] 同上。

我们全然不知，我抚摸着他的背
试图从他宽阔的后背读取这些信息

望着父亲的后背
我想象那曾是背过我的后背
但我知道，父亲从未背过我
父亲将他的背完全交给了
那些苦难年代里的艰难生活

父亲住进ICU时我还在北京
父亲走时我未能同他说上一句话
这会让我后悔终生
我知道，他一定有话要跟我聊聊
他一定有很多的交代和叮嘱给我
想想这一生，我与他其实
并没有一次像样的谈话
最多不过是些琐碎的家事
谈及人生与爱及信仰，他总是不知道如何表达
我们之间，沉默和行动是最多的语言

今天，除了沉默，还有"背离"——
我见到父亲的最后一面
竟然是他背对着我们——
就像他永远试图躲避着这个世界

泪水一下子模糊了我的双眼，我依稀
看见父亲从病床上起来
他一言不发，背对着我们
朝远方走去，他扔下我们
扔下我们在这个他谈不上热爱的世界

李鸿鹄

毕业于中南政法学院（今中南财经政法大学）法律系。曾任广东省高级人民法院审判长和审判员，广东省揭阳市中级人民法院党组成员、副院长、审判委员会委员。现为广东连越律师事务所创始合伙人。著有诗集《想暖暖而已》《美丽的河》等。

这世界的寂静

这世界的寂静,是冷冽的
天空的一半,也是大地的一半
夜像巨大的钢琴
迎接浮游在月光里的鱼
它们的自由,属于远阔的山河
作为人类的一员
我一直在仰视,沉浸其中
现在,你见过的白鸟
抱着阳光飞向丰收的麦田
黑鸟永远在黑暗之中
历史成为众神了如指掌的过去
雨的哭泣被你谎称为音乐
在日间消失,又在夜间重返
我汹涌的欲望因为呼吸困难而隐隐作痛
于是一只小鸟的沉默
忽而也是整个世界的沉默

时间的遗址

我们走着,春天就消失了
就像当初春意盎然的青春
在时间的遗址上静默
对一树的月光拥抱,时间如雪的融化
麦子被风吹走了,甚至是黑发
阳光此刻照亮了果实,使眼睛无比灿烂
海水淡化了黑眼圈

秋雨去了另外一个孤岛
那个孤岛也是我特别想去的地方
有雪静静地飘，天地透明
那里，有些寒冷的温暖是我想要的
可是，我在南方
南方什么也没有，寂寥得只有一波
接一波的冷空气
棉衣和羽绒服都是多余的
除了内心早已成熟的秘密
我也是多余的。风关上了幽暗的门
风吹着方向明确的时间
有些花朵的孤独终于如愿以偿

幻　觉

我已丧失了明亮的想象力
风带走了鸟巢，带来了空旷
那只常常在我窗台上觅食的小鸟
现在一声不响
它的翅膀放弃了风
每根羽毛都显得特别安静
尘埃在光线下暴露它们的渺小
或许是因为身躯太过微小
所以，它们总是比我
更容易在隙缝中找到安身立命之处
照耀黑暗的光
这时也照耀我无处藏身的影子
像一只色彩斑斓的蝴蝶
有个眼神从遥远的地方冲了进来

但它并不想捕捉我
它在我指尖上盘桓了很久
飞走了,还是蝴蝶的模样,翩跹,美丽
没有留下任何痕迹
如同一段消失了的肤浅回忆

世界的另一端是陌巷

从一阵哗然而至的风开始
我们忘情于一体的姓氏
在镜子的后面看你,八月空空
地平线尽头的巷子
全是季节无法诠释的落叶
阡陌纵横,我们
无法站在鸟的翅膀上去俯瞰
那些清新自然的主义
你已经抛弃。我也是
隐居求志,必须
给一幅画添上浓墨重彩
渲染心情,把诗句从一本书中搬走
给野菊花浇水
劈开鬓角,再一次种植水稻
我用手掌覆盖荆棘,
在冷静的时间里挥霍热血
黄昏和黎明随意来临
你也随意绽放,可是我没有勇气
奔赴理想的秘境。我只想安安静静地睡觉
想在水面上漂浮
最好能与你欢梦一场

十月,你一定会在一条巷子里与我相遇
除了这条巷子,我没有藏身之处

我抱有雪的温暖

语言因为缺氧而窒息
手铐和脚镣
永远不能与自由相提并论

枯叶是谦逊的,它们选择深坑
终结自己的一生

时间卷走了雪地的残枝败叶
一些未能确定的事实其实早已确定
一些纯色的微笑露出雪的纯真

在偃旗息鼓的群马背后
我抱有雪的温暖,热泪里含着热泪

时间与海水

我想用一次划桨的声音
打破水面的平静

但你似乎是水底的一块石头
你静观一只只船从水面游过而无动于衷

我因此想起
一朵花对结果的预言：凋谢

此刻，太阳照耀着我——你有眩晕的美丽

我不知道自己应该有多重
才能成为一块石头，沉入你的心底

这冷水的疆域与寂静辽阔的情感
是木桨难以理解的

永久的，你把我看作宇宙的一个星球
因为那是另外一个世界
正如你独立于我，独立于时间无限的海水

在小雪尚未到来的时辰

沉默久了，没有人相信时间会延伸成道路
没有人想象我与你最近的距离
是一丛火。当你的眼睛电击我的心脏
苏醒的太阳就把荒凉引入了大地
其实我也是无声的
在小雪尚未到来的时辰
你呼唤萤火虫开始长途飞行
降落在生命的低微之处
你的思想，像阳光亲吻我粗糙的额头
没有使用花言巧语
你只用一个最简单的词
教会我面对黑暗也能开口说话

你的眼睛就像一片冰湖

你的眼睛就像一片冰湖
碧蓝而纯净

风,把心吹得千疮百孔
我要停留多久,才能吮吸你目光的暖

匿名的日子
乌云在不眠的天空中流泪

我躲在一丛黑发的背后哭泣
渴望在夜里与你相遇

像一滴泪水拥抱另外一滴泪水

我被秋的风爱着

我被爱着,被一个秋的风爱着
它给我一个暖暖的拥抱
我被这样的秋爱着
吉他声响起了,温柔,和着风的声音
那些节奏是爱着的
有些知觉没有了爱的意义
唯有依依不舍的风吹着热烈的我
不断地吹着,仿佛这一生
最大的慰藉就是被这秋的风吹着和爱着
我只剩下孤苦伶仃的双手

深情而颤抖地弹着你
风吹着你的头发犹如吹一片深情的水稻花
这秋的风,从白发中浮起
是来自于遥远的你对我低声的欢呼
我无法摆脱一个芬芳的念头
只能卑微地乞求
这秋的风,原谅自己的一无所有
我被爱着,被这秋的风爱着
它轻吻我的额头,吹走了我微凉的泪水

一匹被孤独放养的马

黑夜里,一匹被孤独放养的马,突然
从我无法触碰的脑海里跃出

它挣脱了缰绳的束缚
风嗖嗖作响
全落在它的身后

这世界
我找不到更好的事物能与它匹配

除了你看不见的我
以及一束被眼睛收割过的光

王劲松

中南财经大学（今中南财经政法大学）84级学生，曾任学校"开拓文学社"社刊《开拓》的总编辑。现从事培训行业，国家二级心理咨询师。大学毕业后到海南闯荡15年，亲历各地港口装货，熟知码头文化。2003年来京，曾为青少年做专职心理辅导。做过多年央媒记者。

饭　盒

用来盛饭的饭盒
我用来盛希望
关心身体
和仰望星空

用数字丈量
身体越来越虚弱
用爱和希望去填充

红尘滚滚
饥馑下的盛世
要拿紧自己的饭盒
一如查拉图斯特拉下山
从暗黑的森林走出
找寻光明

码　头

住在货柜码头
还是人生第一次
橘黄色吊机高高矗立
货柜排列两岸
就像等待检阅的战士
马上出征

码头繁忙

流淌下无尽的汗水
和人生的喜悦
吊车，不断地升降
装货船，来了又去
那么多希望
漂泊在海上

古老的海上之路
散发着铜锈一样的迷幻
亲人挥泪告别
船上船下
都要等待
就像热恋的情人
季节风来了
送上征程
船舱里的粮食和布匹
装满期望
就像企鹅爸爸去远方捕食
为了孩子长大
要经年累月

在香港坐地铁

乘坐88路小巴
去坐地铁
在街上，沉浮着人群
像泄气皮球似的脸
偶尔的低语
发出

干枯树枝折断的声音

地铁门口的美女
一人孤独地拉着二胡
没有掌声
没有人投币
甚至留不住一个人的脚步

地铁的那端
是做核酸的会堂
斑驳的铁门
已经长锈
几个归乡的游子
脸上写满了焦虑与困惑

程　峰

湖北赤壁人。中国首批执业证券分析师、财经评论家、旅行摄影家、诗人。出版了《股票技术分析实战傻瓜书》《假如炒股是一场修行》《程大爷的朋友圈》《程大爷的A股必修课》等三十多部畅销书。诗集《看不见的部分》由长江文艺出版社2022年出版。

知名财经专栏《程大爷论市》主理人，获21财经2021年度最具影响力大奖。大学时代是湖北高校诗坛的活跃分子。曾获1987年湖北省高校"一二·九"诗歌大赛创作一等奖、武汉地区高校"五·四"诗赛创作一等奖等多项诗歌奖项。在《飞天》《散文》《羊城晚报》《南方日报》《广州日报》等报刊发表过诗歌与散文作品。有诗歌作品入选《中国当代大学生诗选》《中国年度优秀诗歌》《中国高校优秀文学作品赏析》（诗歌卷）等。

现供职于华泰证券，兼暨南大学硕士研究生导师、中南财经政法大学研究员。

霜的谜语

告诉你吧,从没见过下雪的广东人
那洒在草尖上的白色粉末
并不是露水,而是霜
这北方冬季的寻常之物
在岭南却如此稀有
它们就像盐,洒在
生活的表面

北风,一位个性张扬的厨师
在湖面升腾起白烟
那也不是雾,而是谜语
在冬天的玻璃器皿里,你猜猜看
一座山岚可以分身多少个倒影
藏着互不搭理的鱼

掠过湿漉漉球道的一道闪电
不是小白球,而是尖叫
阳光刺眼,寒冷明晃晃的
你握着球杆一溜小跑
有人喊你,声浪里激动的颤音
快来吧,来尝尝霜的味道

柿　子

日历已经翻篇
新年的树上还挂着去年的柿子
树叶被风脱得精光

众目睽睽之下
所有的柿子树都在裸奔

那突然曝光的秘密
在阳光中加深诱人的色泽
是食物,是玩物,还是油画中的静物
我与乌鸦拥有完全不同的角度

一个调皮的女孩找来长竹竿
试图敲落高处的柿子
她费了半天的力气
终于敲落一个结论:
敢坐在枝头上跨年的
没有一颗是软柿子

焕然一新的人间
太阳逡巡,头顶上的旧云朵皆被拆迁
我多想跟柿子一起做个最牛钉子户
赖在流光中就是不走
天空蓝得恰到好处
像刚刚刷过油漆的工地
钉满了红色的星星

约等于

寒潮突然来广东搞事,约等于
北极熊冷不丁打了一次喷嚏

九龙湖的洋紫荆花瓣落一地,约等于

塞北的雪花飘了一夜

球道草尖上落的霜，约等于
故乡的床前明月光

深夜翻看微信朋友圈，约等于
流浪汉在找一个可以藏身的桥洞

收到一个"天冷加衣"的表情包，约等于
收到一件加厚的羽绒服

感应——与波德莱尔同题

透过一扇正方形的窗户
所有虚无缥缈的风景涌向你
舞蹈的手，蝴蝶的翅膀，猿猴的裸体和雨声
从树梢静静滴落

宇宙的窗户被推倒，扩展
一扇门通向一座遥远的森林
风把野苹果的香气赶出来
赶到鼻尖与耳畔
你出生时的第一声啼哭
从冥王星传回太阳系的窃窃私语

那扇窗户被不断加深，成为
一口深井，清澈明亮，吸纳万物
你从眼睛里打捞上岸
成吨的鸟鸣与星星

看呐,那扇窗户突然关上了
紧接着,一首诗从内而外被打开
像镜子逼迫你交出视觉
灯亮了,拉黑所有的珍爱之物
你看见一阵战栗,像羽毛,又像
爬满月亮的露珠

树上的阿多尼斯

花园并不大,只长一棵树
沉默就变成习惯

玫瑰没有翅膀,她的芬芳
正走出那个角落

乌云在上,看见有人在落叶上哭泣
就把头压得更低

雾像一块灰布,当光明消退,靠近死亡
雨水从风的襁褓跌落

悬崖并不黑暗,当诗歌在伤口上行走
它就变得陡峭

我并不孤独,你让我走到树下
长久地仰望
直到,看见了阿多尼斯

清明书

再野的草
爬到祖坟上
都是小草

再高的树
站在墓碑周围
都是小树

再老的人
抚摸碑上的名字
都是小孩

再大的雨
落在游子的脸上
都是小雨

从凤凰山顶望开去
山都是小山
河都是小河
路都是小路

再大的天下
在死生之外
都是小事

白玉兰

没有比这更虔诚的手势了
在花园昏暗的角落
合十的双手与捧着的手掌
那样洁白
仿佛一个个无辜的祈求
让人不忍回绝
仿佛一群饥饿的白鸽
匍匐于初夏的眼神
等待风吹响月亮的哨子

直到浓烈的花香泼下来
一场盛大的洗礼
如此慷慨,这爱的馈赠
仿佛降临尘世的天使之吻
借助路灯的微光
我得以看清,那洁白如玉的手
仍然双手合十,仍然轻轻地捧着
但不是为了索取,而是
——给

木　荷

它们是怎样爬出荷塘
走了多远的山路
又是怎样攀上凌空的枝头
成为一朵朵微型的荷花

我不知道
木荷花与荷花之间有着怎样的缘分
那么密密麻麻地挤在一起
每一朵都瘦了
瘦得像星星一样冷峻

不只是出于污泥而不染那么简单
显然有着更高的自我期许
一群遗世独立的君子
出世之心如此决绝
如此不留妥协的余地
甚至不惜分泌骨头里的毒性
来拒绝人类的亲近与蜂蝶的骚扰

开花时安静，落花时冷清
鸟鸣如梭的山谷里
似乎只有一个人驻足
为这不肯将就的美
叹了一口气

过客的本分

有时候，智者的话听起来像是傻话
比如斯坦纳，他说人类该坚守过客的本分
想想吧，你去朋友家做客
是不是该礼貌地说话
是不是不要乱丢垃圾
是不是不该脚踢别人家的小猫小狗？

可是谁听得进去呢？
马路上总是奔跑着焦虑的人们
超速行驶的汽车呼啸而过
无人为车辆排出废气而内疚
无人为怒气冲天按喇叭而抱歉
谁都理所当然是天地万物的主人

就像激烈的河流左冲右突，在雨季
它劈开山岭，改造河床，冲击河岸
带走植物、泥土甚至石头
激烈的河流盲目而蠢动
终其一生只能得到浑浊之水
然后将浑浊带入大海

我宁愿成为安静的河流
流水清澈，头脑清醒
明白自己只是河岸、树木与村舍的过客
带走黑夜、落叶与枯枝
留下凤凰木与三角梅的倒影
留下落日、晚霞与鱼虾
用粼粼波光传递爱与感激
唯一感到羞愧的是，天地待我如上宾
而我却拿不出一份像样的礼物

母亲节那天

母亲节那天，朋友圈都在晒孝顺
满屏感恩的图片与文字
有一些让我读出了泪水

比如这一张，餐馆门外
一只小羊羔抬头望着母羊
眯着眼睛，脸上洋溢着幸福
仿佛也在说母亲节快乐
那种不谙世事的天真让人心疼
而母羊表情漠然
脖子上的铁链提示某种
自知无法逃脱
却不想对孩子说起的宿命

房间里的大象

森林里出走 15 头大象
从西双版纳到昆明
已经巡游了 500 公里
这让人类激动而又不安
想想这群呆萌的庞然大物
举起长鼻，踱着方步，光着脚丫踩在
乡间小路上的感觉一定很酷
一路上，乡亲们善良友好
甚至提前准备好了食物
来的都是客，客气啥，稻草管够
红薯、玉米棒子随便吃
渴了有自来水，请自己打开水龙头
记得节约用水，离开时关上

其实，它们离广州远着呢
也就是说，不管它们在西双版纳还是在昆明
跟我的距离几乎没有变近

而我却关心它们的一举一动
仿佛它们端午节后就要走进广州
走进环市东路，走进世贸中心大厦南塔
爬12楼，径直走进我的办公室
打开冰箱翻出荔枝和粽子
然后席地而坐

在森林中，它们似乎并不存在
走出森林，它们如巨星走秀
所以说，大象不在森林，就在房间
都知道它们出走的原因
但是，我们，要么闭上眼沉默
要么，睁着眼否认

美好的时刻

小路蜿蜒，像藤蔓爬进大山的家里
它柔软的曲线，恰到好处

清晨下过一场骤雨，草尖上的雨珠
还挂着，晶莹的小灯笼
晨曦绽放，光的湿度，恰到好处

黄蝉和海杧果花，开得意犹未尽
鸡蛋花落得漫不经心
而荔枝早熟，树叶间探出脑袋
像恨嫁的少女
脸颊上的绯红，恰到好处

球道边零零星星长出蘑菇
太阳下，擎起几把小白伞
像一群天使踮起脚尖
这夏日里最小的阴凉，恰到好处

云层缓缓脱下外套，露出深蓝
像浣洗过的绸缎
远处有飞机来回，穿针引线
针脚的粗细，恰到好处

蜗牛旅行，沿着预先设计的线路
蚯蚓深挖砂土中蕴含的剩余价值
我们走走停停，在草地上
每一个脚印里的虫鸣，恰到好处

只有偶尔的交谈，略显多余

面　试

一张陌生的脸孔投影在屏幕上
被审视，一群陌生的目光
像显微镜，来自不同的角度
我们素昧平生，却又不得不坦诚相对
你口若悬河的阅历、爱好、理想
我旁敲侧击地提醒，你是否
做好了梦破碎之后的准备

阅读青春的面孔
脑海不禁浮现出曾经的我们

羡慕你，陌生的少年
无论从哪个入口走进职场
总是握有选择的自由

作为面试官，我挑剔而专注
只有一次走了神
当一个脸色苍白的文弱书生出现
自我介绍爱好诗歌和摄影

云冈石窟

佛在石头里沉睡
被心怀慈悲的人唤醒
佛抖落身上多余的部分
显露真身

不管站着还是坐着
每一尊石佛
都是普度众生的姿势

而看石佛的人络绎不绝
他们匆匆赶来，从远方
带来太多的欲念
祈盼得到佛的护佑

佛总是慈眉善目
笑而不语
他一眼就能看出
脚下的这群人

来自苦海

登悬空寺

看似不靠谱的事物
往往固若金汤
比如悬空寺
建在悬崖绝壁上的寺庙
无论从哪个角度看
都有随时倒塌的危险
当我抱着视死如归的心态
登临这悬空已久的险境
与悬崖上的佛、菩萨和罗汉
一一见过
悬空的心慢慢就放下来了
确认过眼神：
看得见的危险，并不危险

也就是说，真正的危险从不在
众目睽睽之下
不信你顺着佛祖的目光望去
悬空寺对面半山，一段北魏栈道
大面积的塌方
没人说得清发生在何时

1500年的历史携带巨石与砂砾
轰然倒下，毫无征兆
像一场大型股灾
猝不及防

一个人在辉腾锡勒草原

天上有两朵云
一朵是乌云
另一朵是
白云

远山有两个坡
一面长满白桦树
另一面
长满石头

草原上有两种花
一种是黄色的
另一种是
别的颜色

眼前有两只羊
一只低头吃草
另一只
抬头望天

黄花沟有两重天
一重凄风冷雨
另一重
艳阳高照

远方有两匹马
一匹在栅栏,低眉顺眼,任人骑行
另一匹
自由奔跑,野性十足,不可接近

天地间有两个人
一个是凡心未了的我
另一个是
万缘放下的我

阿富汗的眼泪

潮水般汹涌，命运的瀑布
在奋不顾身地往下跳
喀布尔机场，这躺平的悬崖
与深渊，飞机轰鸣，人群被恐慌拖拽着
在跑道上滑行

呐喊是空洞的，也是绝望的
一架运输机不管不顾冲上云霄
起落架上掉下三个人
啊，上帝呀，此刻你在哪里
天堂显然不肯接纳受难者
无家可归的灵魂

一位少女在推特上哭泣：
请别放弃我们，我们也是人类
请不要因为你们远离深渊
就无视深渊

她伤心的泪水一直在流淌
从阿富汗流到我的手机屏幕上
我感觉，烈日下的秋天

倏忽有了凉意

街头艺术家，或一个精神失常的女人

她向虚无的天空深情挥手
仿佛有一群天使正在观赏她的表演
她向途经的车流鞠躬致谢
仿佛每一辆车都是远道而来的菩萨
她梳得一丝不苟的发型上有认真的发卡
胸前的花束每一天都新鲜

每天两次准时出现在环市东路
黑色的裙摆偶尔把广州拖入伤感的色调
听，她在唱《喀秋莎》，唱《山楂树》
唱《莫斯科郊外的晚上》
一首接一首，多么痛的怀旧
她旁若无人地舞蹈，时光倒流
忧郁的歌声浮现一代人青春的背影
一曲终了。她立定，鞠躬，挥手致谢
像一个艺术家刚刚完成表演
臆想的掌声响起来了
她脸上绽放着花朵般的笑容

无人知晓她姓甚名谁，从何而来
无人欣赏她日复一日的免费表演
城管斥责她制造噪音
街坊称她为"那个疯女人"
而我倒真想旁若无人地为她鼓掌一回
以此证明

自己是个精神正常的人

青辣椒与红辣椒

万物皆被整懵了
这不合时宜的酷热
把深秋的淡定逼成盛夏的烦躁
菜园的辣椒成熟得有些放肆
不再安分守己
你看，有些辣椒开始指天了
有些辣椒几乎一夜爆红
迫不及待想要上市
像小网红总是急于变现

大清早起床摘辣椒的父亲
在晨雾中
显然无心分辨辣椒的颜色
但在摆卖之前
母亲会仔细把青辣椒与红辣椒分开
放入两个大竹篮

她知道的是
辣椒越红越能卖出好价钱
她不知道的是
人亦如此

江一木

1989年本科毕业于中南财经大学（今中南财经政法大学），北京大学博士。诗文散见于《书屋》《教师文学》《湖南诗人》《湖南日报》《中国文史精品年度佳作2017》等报刊与选本，已出版《权力之善》《三湘古渡》《权力正义论》《政府经济职能》《保天心以立人极》《中国共产党交通大战略》（合著）等专著6部。

父　亲

小时候
父亲是家中的神
摔伤时，他成了医生
走累了，他成了马匹
饿了时，他成了厨师
遇上什么难题，
他有求必应，什么都能

现在
父亲成了神龛上的神
摔伤时，我想起了医生
走累了，我牵起了马匹
饿了时，我做起了厨师
遇到什么难题
我上香祈求，他什么都不能

家乡的秋

家乡的秋，精简而又清瘦
喂养了饱满丰盈的灵魂
喧嚣的落叶，踏过宁静的心灵
轻轻地落，慢慢地飞
怕惊醒大地，悄悄地去了远方
轻柔，如缥缈若纱的梦
寂静，如淡淡走远的我

城里已没有了秋天
家乡的秋天是否已变了模样
我能回忆起家乡的那个秋天
却回不去那个秋天的那个童年
叶子啊，麻雀啊，奶奶啊
你们会不会一块来到我的窗前
来看望我这饱经风霜的中年

一道墙的花

我，静坐窗前
夕阳照耀着
那一道墙，那一墙花
那花开，那叶落
其实与我有关

我的岁月流淌成一条河
我是撑船而来的渔夫
从乡村到城市
从杨木塘到武汉，从株洲到长沙
然后在这里靠港

我，就在这个地方生了根
没有等来一场姹紫嫣红的花事
但隔窗的那墙花回我莞尔一笑
那花开花谢，其实与我无关
花是墙的花，墙是花的墙

我窗内

有清风,有鸟鸣,有座椅和拐杖
还有心中的那一道墙和阳光
在当年的土坯瓦房里
在现在的草木闲情里

皈依边城

阳光涌进了窗户驱散所有的黑暗
一阵秋风,拉开窗帘
窗外那个写生的女孩,在画着心中的梦

清江是寂静的
吊脚楼是寂静的
对岸翠翠牵着的那一条大黄狗
也是寂静的
时光就这样悄无声息
连衰老也没有声音

每一块青石都有心灵感应
每一片绿叶都有醉人的诗意
每一棵树下都有幸福的栖息
每一条小街都通往天堂
每一间老屋都是念经的佛堂

此生,不再有江湖,不再有恩怨情仇
吊脚楼装下了所有的愁
此生,就在边城做一个闲散诗人
把自己老成陶渊明采摘的
那一朵南山秋菊

李 扬

中国政法大学民商经济法学院教授，博士研究生导师，兼任中国知识产权法学研究会副会长、最高人民法院第五届特邀咨询员、北京市知识产权法学研究会副会长。现为日本东京大学法学与政治学研究科客座研究员。

等水来

它
还在火的内部
还在水的中央
还在凹凸不平的道路上
我必须坚忍着，不动声色

石头还没有碎裂
风铃还没有作响
呼吸还没有慌乱
闪电还没有划过心头
我必须坚忍着，不动声色

当云端的大象终于坠落山崖
当洋底的鸟又开始陌生的飞翔
当忠诚一如既往，被描述成大逆不道
我依然必须坚忍着，不动声色

罂粟花

带着你的记忆和时间北上
带着你的戒尺和眼睛北上
带着你的河流和沙漠北上

离别如夜空中闪烁的星辰
无数次在烧焦家的方向

又有谁知道
北方妖娆的雪花
不会困住南方的你
心上刻着火唇的罂粟花

2020年的秋天
你拨开每一个雨天晴天
只为镜子中的
我
一个漂泊的异乡人

与海子有关的一切

因为海子,我误入歧途,义无反顾
以为面朝大海,就会春暖花开
以为生活不只有苟且,还有诗和远方
甚至分不清稻子和稗子的不同
把所有和夏景村相似的地方
叫作我的出生地

当我开始围困于我的偏头痛
军都山下的雪花将我往深冬的胡同里带
我摁住所有的疲惫和迷惘
蓦然发现
与海子有关的一切
不过是一个我化身为无数个我
依旧像走过十字路口的盲人一样
小心翼翼,孑然一身的理由

对于一个是，或者不是海子的人
天上的太阳，地上的月亮
有，还是没有，无关紧要

草原遭遇一场暴雨

劫持眼眸的弯刀闪过
雨水像突然醉酒的北方汉子
跌跌撞撞而来，草原是必经之路

我喜欢它没有规律的行事风格
理解它在格桑花身上留下的疼痛
偶然相遇，又像命中注定

它替代镰刀、旗帜与呐喊
重新界定天空、草原和骑手织成的画卷
类似囚徒冲破牢笼
使个人的沮丧，甚至死亡
雕塑成历史长河中的兵马俑

我庆幸身边意外发生的小事件
它们容易将预定的结果引向反面
容易让死灰复燃

跺　脚

从出生开始就习以为常地遭遇春天
2021年的春天，可以言说的，不可言说的
却把我往痛苦的清醒里拽

因为母亲，往返穿梭于紫禁城和夏景村
一路上，我看见了风的摇摆，山的修辞
也听到了越唱越真理的颂歌
差一点我也真诚地相信
故乡松茸一般奢侈的阳光
会翻遍世间的每一个角落

你遇见陌生的植物
犹豫是否要替它们尖叫
你一定不知道
我每次踏进夏景村的小木屋
目睹病床上已经柴火一般
却仍紧紧握住一枚硬币的母亲
就想摁住高山上的雷电
替她和她一样的母亲
在大地上狠命跺几脚

偶　感

逃往异国他乡的旅途上
几千年的母语已经将我喂养得枝节横生
我学会的越多，离开默默哭泣的母亲就越远

在不断变换的献歌中
我经常在光天化日之下不明不白地死去
记忆也在青春的流逝中被盛夏的镰刀悄悄收割

但坚硬的日子里总有某个时刻
我灵魂里无法被弯曲的部分
还是如间歇性精神病患者一样突然醒来说话
用夏景村祖传的泉水、竹笋，和避邪的艾草
尤其是四季在山谷间撒欢的羊群
这些简单朴素的事物，是自然生长的词汇和声音
不管每天都要说上几万遍的语言如何攻城略地
终究无法把它们从我的血液中劫走

雨中意象

一根自我放逐的红飘带在闹市中尽情舞蹈
一只绝望的飞鸟拼命撞向两片丰满的树叶

存了一个季节的雨水争先恐后倾盆而下
大地是一个湿漉漉的深不见底的容器

一匹死去多年的宝马从坟墓中坐起来
它与红飘带、树叶、雨水和容器
早已形同路人

初　雪

初雪是诗歌喂养的一匹骏马
骑着我胸中死灰复燃的篝火

初雪是道士手中的一道符咒
封存了我再也回不去的沧海桑田

一路向南

一百年未曾遇见的妹妹哟
初雪是你建造的一所房子，盖不住另一所房子
初雪是你燃起的一盏灯，点亮不了另一盏灯

再一百年也不会遇见的妹妹哟
初雪降临时，刻在北方大地上的风景
是两个怅望着南方的冰冷的脚印

五月的王

五月的王在天上，五月的王在地上
王的五月，我有一间房，远古流传下来的宝贝
每天能做的，就是从房的这头到房的那头
从房的那头到房的这头
读书，码字，写石头一样的诗歌
咖啡，酒，水，轮换着喝
偶尔像小偷一样小心翼翼地打开窗户，将自己放进暖风
里吹

就像吹一件被遗忘在箱底的衣服

这些事物并没有将我往人间的烟火里带
它们本身就有些颓废，何况是在五月，王的五月
"穿过大半个中国去睡你"[1] 就不用幻想了
身处同一座雨水中的城
即使在睡梦中去拥抱你也成了一种奢侈
幻听中不期而至的敲门声早已让我无法入眠

五月的王，王的五月
我对生活的要求仅仅是眼巴巴地活着
只是光阴皎洁易逝，人间的情事犹如轻飏的柳絮
我真的害怕突然有一天，再也想不起你最初的模样

北京，北京

当我认识到和你的格格不入
我已经南渡北归两年多了
尽管我每天都在用昌平线丈量和你的距离
却依旧像一个孤独的溺水者
找不到一个可以呼吸的通风口

多想和大街小巷上每一个偶遇的人握一握手
说：你好，你们好。请接受我的崇高敬意
而悲伤是最殷勤的客人
总是在深夜取出我身体里最脆弱的部分
诠释什么是近在咫尺远在天涯

---

1 引自余秀华诗歌《穿过大半个中国去睡你》。

也尝试过掏出灵魂中最明亮的一小块作为代价
终究确定不了可以确定的事物，哪怕是一点点信任
尤其糟心的是，我喝酒的姿势非常危险
一不小心就可能将微醺的语言放归风中

在这里，难道和在我的出生地夏景村一样
注定我既不是一个过客，更不是一个归人？
既然如此，就不必在意你能不能给我一个春天了

二月末的散文诗

我开始喜欢上这个时候的北方
风冷得恰到好处，让我保持人间清醒
再无力刮走我胸中仅存的一丝暖意

我开始喜欢上这个时候的你
经历过爱情的曲曲折折，依旧纯洁如初
就像十二月开始抱蕾的早樱

我也开始喜欢上这个时候的自己
终于可以磕掉鞋底半生的疲敝和迷茫
从容准备度过漫漫长夜的柴火

这些人间的、非人间的事物让我知道
美好的，如愿的，都需要忠诚

轻轻拨开三月
春天就在四月的那头
仅仅隔着雨水的一声召唤

既然已经被岁月反复搓洗过
该掏出惊涛骇浪的时候
我绝不会掏出涓涓细流

高 树

华商律师事务所主任、首席合伙人、深圳律师协会会长、《深圳特区报》特约评论员。

出版文集《沿着法治的方向》(法律出版社),长篇小说《拒绝辩护》(陕西人民出版社),诗集《苍天瘦》(岭南美术出版社)、《树对风的回忆》(海天出版社)、《我们如此深爱》(海天出版社)。

灵　犀

活过一生
哪怕明白一次也好
没有彩凤怎么飞
心有灵犀就可以
李商隐这么说
我也这么想

不管如何呈现
都经不起时光的凝视
我终于明白
所谓芳华
是用液视固定的刹那
这一刹那没有枯萎
它完成了彩凤的涅槃
灵犀如星光闪耀

爱波光和水

风不顾一切
时光勇往直前
我，我们
跟着一路小跑

开始喜上眉梢
接着悲从心来
以为找到方向

奈何不是着落

迎乌鸫于寂静
送秋日与浅黄
生活没有真相
悲伤无需表达

敬天命与时运
爱波光和水

比苍凉更近的温暖

多年以来
习惯了在尘世的洪流
阅读和接纳苍凉
寒风中去掉阴冷
冬天和雪花一起飞

我拥抱温暖
不是象征性地张开双臂
婴儿对于母亲的怀抱
我对日月山川的挚恋
都是紧紧相拥

正如此刻
酷热的阳光和微凉的风
辽阔的大地和亲切的你
都是比苍凉更近的温暖

一块石头在等一滴雨

只有心生欢喜
它才风姿绰约

你不要问它活着的意义
它看上去就是无意义地活着

它拒绝所有甜言蜜语的诱惑
如拒绝事不关己的悲欢离合

你只看它抱着自己
毫无理由地蹲在尘世的一隅

可是你没见它黑夜里伸长的脖子
如绅士一般跳着华丽的的探戈

它以最高的规格
等一滴清凉的雨

虔　诚

我只能以最努力的方式
表达十倍以上的虔诚
笑脸，不是白云，不是欢喜
是绝对信服的符号
一种动作的必须
仰望需要理由吗

跪下也是你想不到的接近
如果可以
背后长一条尾巴
一定可以扇出凉爽和快意

做一只幸福的老虎

此刻，我对自己说
不一定要做添翼之虎
可以在草木繁茂的丛林
以矫健之足行走
这已构成了山河的壮美

宏大哲学来不及论证的
恰恰是将要展开的身形
我要自己莘莘大端
我要你漂亮大美
在这个叫虎年的新岁
这些都是真挚的祝愿

真挚的表达还有许多
以最踏实的内心定位
坚定沿着正确的方向
踽踽独行如果不能避免
陪伴将列入接下来的行程
以小轻松的姿态形成舞蹈
将豁达等同于吉祥
做一只幸福的老虎
这比什么都重要

我和一只小狗相处甚洽

我真的喜欢你。我对小狗说
但我接受不了你身上的气息
请原谅我不能拥抱，不能亲近你
但我可以陪你聊天说话
各种关心，包括懂你的情意

小狗于是蹲在我的身旁
乖巧轻盈，恭敬地细听
竖起的两只小耳仍在扑闪
确信理解了我的全部表达
她的安静纯良让我顿生怜意

小狗对我的欢喜毋庸置疑
我对小狗的喜欢也显而易见
这种心照不宣在空气中弥漫
小狗用竖耳、摇尾和眼神三种语言
和我亲切交谈并保持舒适的距离

我对一只小狗心生的爱意和歉意
这只小狗懂我的全部

仿佛回到人群深处

昨天，就在昨天
我疾驰驶过深南大道
深南大道有一些久别的意味

在街头的转角,人群的深处
我发现有些事物在飞速流转
我熟悉的一棵树,蓦然不见
空中之鸟,也已悄然飞去
想当年我在此游荡
或寻物觅食,或抵御相思
没完没了的爱与不爱
和树一样的或喜或悲
而如今,许多事物渐次远去
而我
似又重回人群的深处

一场批判性对话

不管多么刚强
是不是有一些灰暗
此刻,我们都很壮烈
试图淘空对方的怯弱
如果不够,就沉默
暴风雨般坠落之后
炉膛的火势升起来
燃烧过后
再一次燃烧
感谢你呵,朋友
你原谅了我的不真实
却让啰唆的生活
在你我之间,多了一份踏实

今夜,趁着炉膛大火

让我们最后一次敞开胸怀
让我们更偏执一些，像刀锋
撕破真理的表象，荦荦大端
直接进入事物的核心
我们不谈爱情，不谈女人
不谈逝去的青春年华
不谈灵魂中的枝枝节节
我们就谈若干年后
谁能捉住那些倒霉的真相
谈谈已经欠下的一切
谈谈未来的债由谁偿还
如果结论相当空洞
那也没有关系
剑走偏锋
让我们带着伤痛
更沉，满醉
然后逃之夭夭

佩 韦

本名韦忠儒,中南政法学院(今中南财经政法大学)经济法系88级学生,现在中国建设银行广州分行工作。曾在《中南政法学院报》《大学生》《诗神》等发表诗歌。有诗作入选朱雪里、杨建堂主编的《大学生抒情诗选》。

日子之美

这样的日子真是太美了
美得让人留恋

也许她是从纷纭中出逃的
就如从法律系出逃的诗人

她美美地流逝
流逝是她永恒的自由和青春

她进入他的身体
他感到年轻的快感和幸福

这样的日子美得让他留恋
他轻抚自己的身体

鸟的日子

黑夜似是易燃的
窗外的鸟一叫
便点着了黎明
在叽叽喳喳中
新的一天又兴高采烈地开始了

这是鸟们美好的日子
日日新，不如日日空
它们不在意日新月异的世界

日复一日
只向往更空的天空

夜　色

终于，知道夜色是最美的
每一个夜晚都在老去
然而始终还是老样子

有时候我真想找到它的心
是星星还是月亮
还是不眠的眼

这一切的思绪都太过庸俗
它情怀天下
却是无心

荒　月

月亮上面已经找不到人了
它越是圆满
越像荒野

小时候的山村也应该荒芜得圆满了吧
说不定父亲已经回到那里
在月光之下重新开荒

可以肯定的是青春已成荒野
思念像一把柴刀
在月光之下披荆斩棘

找到通向过去的路
但已找不到人
所有的你都已不知所踪

秋之寻

能量是守恒的
有多少热去
就有多少凉来
一切都离不开流逝
仅是夏浪换成了秋水

情也守恒
如火焰花盛开的热烈
在旧的情诗中凉成了红叶
相思没少
却是瘦了蟋蟀，肥了秋月

一切都没有失去
天地只是换了一个季节
我也还在
只是换一个地方
寻十分冷淡，一曲微茫

七日之恋

七日不见
这荷塘里的花色就变了
我恋的那一朵荷花
再不愿多看我一眼

如今的恋变得快
初恋，热恋，失恋都快
还来不及相思
就已经相离

这七日的恋没有恋上爱
恋上的只是如花的流逝
很想回到从前慢
一生只够爱一个人

霜　降

一觉醒来
感到又瘦了一些
好像什么也没少
灵与肉都在
只是缩紧了睡姿

时光也还在
只是露台上的桂花有一些零落
昨夜一定是这样的

露与霜相约
花与树相别

这个秋季的最后一个节气到了
好像什么也没留住
什么也不需要留住
一切都在存在中流逝
也在流逝中存在

剪　发

好像上一次剪发是为了谁
而这一次
漫无目的

师傅问我这一个月忙了些什么
我怔了怔
问又过去一个月了吗

如今没什么能帮我计算光阴
只有剪一次头发
大概测出流逝的距离

这一次剪发剪掉一个月
和一个你
留下的华发染还是不染

於中甫

中南财经政法大学（原中南政法学院）经济法系89级本科。籍贯安徽，现居广州。中国作家协会会员，中国诗歌学会会员，广东省作家协会理事。鲁迅文学院第33届中青年作家高级研讨班学员。先后获全国第七届冰心散文奖、2016冰心儿童文学新作奖等奖项。出版诗集《我的唐诗宋词》《城里的布谷》等。

放大或缩小

放大你的优点
缩小你的不足
这是爱

放大你
缩小我
那也是爱

其实最相得益彰的爱
应该是放大我们
缩小你
也缩小我

蜗　牛

无数只兔子
如笼中之鸟
从高楼里跑出来
想回到田野
回到村庄
回到溪流边
它们不约而同地
遇到了一起
只要有一两只因为心情迫切
有了亲密接触
瞬间

宽阔的免费的高速路上
它们都变成了
一只只蜗牛

出门在外

对面路上空荡荡
对面是回城里的方向

去郊外的路
塞得满满的
爬得慢慢的

在路上堵车
眼睛至少还可以看见青山
和散散淡淡的白云

回到城里
抬头低头都是高楼和
密密麻麻的
高压线

落羽杉

它们一直是绿的
绿得被熟视无睹

直到多年才发现
它们在深秋后
也可以变成耀眼的金黄
在水边倒映夕阳

它们的金黄
不逊于秋枫
不差于银杏
不亚于红叶
更不让于胡杨

它们还有诗意的名字
落羽也好
落雨也好
都与一个笑脸联系在一起
落日下
美得让人落泪

绣花的女人

她一直寄居在楼下垃圾站旁
穿着五颜六色的裙子
一针一线地绣花
像非遗传人一样
一丝不苟

一只大尼龙袋
一个红色塑料桶
一件绣花背包

把她紧紧包围
还有垃圾发出的股股味道
她只在接受塑料瓶纸皮时
憨憨地一笑
然后又埋头绣花

她一如既往地绣花
花开富贵那幅图
即将完工
一朵朵牡丹
混着隐约的暗香
次第开了

给我们带来温暖的东西

一把熊熊的火
随便点燃
就是热乎乎的燃烧

一碗醇酒
几口喝下
热血男儿
风雪中天涯走遍

一丛花开
开在东篱下
或许没有花香
也怡倦眼

一米阳光
从远方跋涉而来
没有半刻休息
照耀万物生长

那些地方

我想与你去我们都没有去过的地方,这是首选
我想与你去你没有去过的地方,这是次选
我想与你去我没有去过的地方,这是三选
这是十年前我们的愿望
现在
我想与你去我们都去过的地方
这个愿望久久不能实现
我能做的就是一个人去
我们曾去过的
某些地方

蔡　永

中南财经大学（今中南财经政法大学）89级学生。湖北省作家协会、武汉作家协会会员，曾有诗作发表或出版。

上　邪

从武汉向西走，是蔡甸
从蔡甸向西走，是消泗
从消泗向西走，抵达沉湖湿地
在广袤的江汉平原，向西的
每一步，都会向上一点点

而在这片湿地，脚步是多余的
两万亩芦苇，会把
我和草滩的酣眠，抬上山巅
两万只白鹭，也会把
我和船桨的鸣叫，引上云霄

最惊喜的，会有一场连天匝地的雨
把一颗向上的心，带回沉湖
带回你的面前

我很忙的

地球围着太阳转身
慢悠悠地，用了一年
地球自己转身，用了一天
地球上的我，天天团团转
我真的无暇顾及
毛毛虫用了九个月，转身化成蝴蝶
蝴蝶用了两周，转动亚马孙的翅膀
我还装作无暇顾及

你在地球上刻下"新年好"
一笔一画用了三个小时
你在手机上发出"新年好"
全心全意用了三秒
我知道你又提醒我
每一秒都是新的,我懂!
我很忙的

一件浪漫的事情有多难

城说开没开,雨说来就来
躲在车里,担心车外的滂沱
闪电接应着天鹅湖大桥的红灯
雷声从白茫茫的水面隐隐滚来
樱花树脱去盛装,一件件委于地上
所有浪漫聚在窗外,如同身受
你同样会关掉喇叭和引擎
你同样想听听春雨和春雷
惊醒的人,再也找不到翅膀
深邃的天空,再也涂不上色彩
云层透湿,反复擦洗我的眼睛
一个爱字摘下口罩,却梗在喉头

把花瓣设成手机桌面后

是初开的花瓣还是刚落的花瓣

新换的桌面偶尔带来话题

头条的股票和足球转身即去
车水马龙混杂着早点摊的气息

我们祈福远方的远方和别人的别人
在毫无悬念的日子里刷着手机

这里究竟隐忍着多少爱
这样的浮生究竟隐藏着多少秘密

你的手指无法解脱你的嘴唇
颜色、香味和心情一样不可触及

我的世界多么需要一次停电
让所有花朵从崩溃回到重启

浪漫是不合时宜的

这年头，要是还有人，和我一样
喝点儿酒，吟几句诗，真那么不合时宜
趁着傍晚时分，找家湖边小店
对那可心人，看那红日西
水泥地面是我的桌，钢筋丛林是我的客
灰蒙蒙的空气是我满天招摇的酒旗
湖是一锅汤，莲是一盆菜
如来坐在莲花座，超凡脱俗貌似神秘兮兮
捏着鼻子，唬着眼睛，眼观鼻，鼻观心
拈花一笑启朱唇，正儿八经好单纯

要说不是装的，真那么不合时宜
且看我喝醉了酒，吟歪了诗
听我平平仄仄唱偈语，浪漫是谁的秘密
我不会不动心，我不会永远埋葬真情
来吧狂呼豪饮吧，所谓浪漫，不合时宜

沉　湖

凫雁飞过　风浪兴起
满当当一湖景色　一湖故事
占领了整个记忆

应该劝饮　还是不劝
端上来豪情壮志　离情别绪
一股脑喝个掉底

人像李白一样　水像洞庭一样
这时节也不过泛舟　写诗
也不过烂醉如泥

千杯万盏　斟了波涛万亩
千言万语　说了心声一缕
春生蒹葭　秋老芦荻

在九真山登高

多少兄弟,多少未及表达的山花
穿过不舍昼夜的期待跃上琴弦
笑脸兀自盛开,祝福争相回鸣
在诗句里藏着锦心绣口

一边是每天不一样的大楼
一边是潜滋暗长的流水
比春风秋月更远吗,比九真山更高吗
我的果子们散落异乡,相互照耀

语言已成斧子,笨重而锋利
又一次出生,又一次敛住光芒
这些寂静之声如此浩大
越过金黄的休止符再赴前程

秋天的反义词

秋天是没有反义词的
除非你的字典写满着爱
落叶的反义词是一封情书
田野的反义词是二人世界
滚的反义词是要你来
嗯的反义词是要你猜
我被反义词折腾得厉害
说的都是反的,听的也要反过来
不懂的都是不爱

用心的都是乖乖
有脑子的都没有脾气
有答案的,都宁死不改
秋天的反义词一定是你
只有我还在风中发呆

急就章

连一座火山也会戒急用忍
骨子里藏着多少炽烈的岩浆
也和你一样不动声色
夏季慢慢地走
秋季慢慢地来
从前的花朵又结成果子
我的果子真急呀
忍不住丰满忍不住腐败
忍不住挤上你的山峰
哪怕冰霜风雪,也要迫不及待
像我一发而不可收

太阳是不需要歌颂的

不是因为你,我才普照大地。
我自带满身光芒
时阴时晴的脸,和时冷时热的心。

也不是因为你，我才朝升夜落。
我无意成为神或者鸟
日挂中天或者日薄西山。

落日不是放弃人间
而要照亮另一个黑暗世界。
朝阳啊，同样照亮
刚从黑暗中睁开眼睛的你。

一束光穿透万丈云海
一万束光穿不透一寸心田
我给你，而不属于你。

慈悲之物是不需要歌颂的。
我将一直在最高处
看你东奔西突，日复一日。

致　辞

亲爱的朋友们，欢迎你
在这个春风浩荡的日子
走进一首诗歌中来，我
知道你会十分耐心读完
年过半百的我，前一半
乡下谋生，后一半入城
混迹，留下零乱的几行
我知道你还会一一点赞
亲爱的你呀，春风浩荡
你将不忍心把一首诗歌

批驳得一无是处，如同
我们都用溢美之词纪念
逝者，用称功颂德之词
纪念一去不返的好日子

献　诗

现在伐薪不像那时候多了
现在的斧子当作陈列品
当作重金属
重金属充斥我的生活
我仍然需要你

我一天天变得庞大
像一座空山长成一座城池
我一点点抛弃微末
像一个人忽视自己的耳朵
我仍然需要你

从第一根弦拨到第七根弦
从第一个徽抚到第十三个徽
你拥有石像、牌坊和减字谱
你没有衰老、贫困和呼吸
我仍然需要你

在你无法想象的今天
用我无以言表的诗句
叫你的名字，献给你

4 号线

4 号线突破了黄金口
你还会不会变大
4 号线延伸到柏林
你还会不会向我靠近
我们的生活充满了芳草绿
从柏林到黄金口，我进入你
从黄金口到柏林，你放开我
一站接一站
来来又往往
再认真一点
我们就有机会
再努力一点
我们就能找到我们想要的
偶尔我会经过黄金口站
抵达你的更深处
更多的时候
我从空荡荡的柏林站退回
在小小的弹丸之宅
远远地看着你

唐 驹

女,出生于新疆乌鲁木齐。1990年9月至1993年6月就读于中南财经大学(今中南财经政法大学)研究生部,国民经济管理专业。现居深圳,供职于平安银行总行。已出版诗集《武汉之春》(2006年)、《赛里木湖的神谕》(2012年),后者选入2014年广东省年度诗歌奖终评名单。荣获深圳"第一朗读者"2015—2016年度"最佳诗人奖"。2018—2020年有诗歌作品入选《山湖集》。系深圳市作家协会会员,现任深圳《前海潮诗报》主编。

白驹之行

时间的白驹散落在人海中
它沾染的颜色叙述着生活
它奔跑,时而嬉戏在人流左右
时而跃上人流上空四处张望

它留给人群无尽的空白
人们的心停留在薄薄的衣衫后面
目光和企图停留在白驹之间
看见它最后时刻的沉默和爆发

白驹最终留给我们记忆中的面庞
有朝一日它们拔地而起
成为风云灵物　成为日出或黄昏时
马群闪亮聚集而奔跑的风暴

我绝望的心在黑暗的天空下
已经无法呼喊出
另一个风暴奔跑的方向
心的颜色倾泻到天空中最接近大地
沉重的方向　它缓慢拉动天幕

使人震惊的心灵不能相信
行走千里的霞光能收回一代繁星吗
黎明真的从最远的方向
那片茫茫红草甸中站起身来
准备从西方向东方划亮一根火柴

星月夜

天空碎了　该怎么修补
它来自的假设是黄色
黄色代表短暂、不忠和谎言
它慌张的头颅布满了变形的问号

它短暂的速度像流星雨
那么短　连彗星的尾巴
都来不及到达天空　像打雷那样
守望过的爱情舞台　也没下过一场雨

它是没有来过风暴的天空
是下着暴雨空无一人的舞台
是美景师拼命设计生命之花的地方
那些任意生长的花儿岗埋葬了他

当他来到了世上　带他来的家人
最后都背叛了他　让他的心灵
带着一把淌血的镰刀过生活
让他的夜晚灯火通明
和宇宙一起疯狂旋转星月夜

绘画师

他的道路从灰色和黑色
变成了红色　他抓起红炭火
凡是有海水和尘土的地方

生活之痛就应声而起

他全心全意描画海水中那群人的眼睛
那是从最底层升起的红太阳
她们的眼睛是心灵的紫葡萄
嘴唇是吞食梦的地方

她们身体经过的方向落下鲜花
他把海水变成了火焰
火焰把塔希提岛变成石窟博物馆
让全岛的男人和女人来博物馆
睡眠　把他们的梦境卖给绘画师

红花女人走来询问她是谁
用编织的花环装饰那些问询
何时结婚的纯朴人们
从哪儿来到哪儿去的那些人间烟云
它们的漂泊和美丽　超出了世上的想象

缉凶者

天暗下来　所有的灯都熄灭
人们的脸庞都笼罩在黑暗中
那些遮住面庞只露出眼睛的行者
是在世上寻找光明的人

他们胸中藏着深深的爱和恨
面对着朝拜的方向跪下
把泪水埋在泥土最深的地方

他们把墓碑上的符号铭刻在心上

世间把幸福安排给一部分人
让另一部分人接受苦难
他们起誓把勇敢绑在火刑架上
用熊熊大火照亮魔鬼的路程

白天掩盖了一部分人生真相
只有夜晚的黑暗让藏有凶器的人
出来散步　缉凶者从辨认灵魂出发
打碎时光中厚厚的伪证和匿藏
穿过黑暗的是一颗子弹

影子武士

远方的瀑布假设为春天的目的地
开着梦中的越野车驶向它
驶过梦中日出的红河　驶过空无一人的道路

那时候影子对我说要离开
它跌跌撞撞地爬到另一个人的身体中
捂住头上的伤口
它从另一场厮杀的战场中出来

它喜欢上了血　在血中颤抖
它喜欢在血中死去一次又一次
它的手从剑上无力地滑落
它在战场上看到了胜利者的笑容

放弃远方不知名的瀑布
现在要转身离开　影子冷漠地告诉我
它带着我们共同的内伤
边走边抛弃斑斑血迹　它用伤腿走向太阳

梦见大瀑布

把星星、月亮、道路和日出
都塞进那个大瀑布的梦境中
通向大瀑布的道路跌跌撞撞
或在人们的流传里濒临消失

它是这条道路上始终未出现过
也未破碎过的梦境
我们走过一个又一个白天
每一个城市的童话都把最后的祝福
留给大瀑布
那些在城市不能居住的灵魂
暂歇之后又要向大瀑布奔波
深井、河边和城市广场的喷泉
都是大瀑布走过时留下的痕迹

大瀑布峡谷堆积的高度
像天空中呈现的那半张脸
在云巅处飞越过彩虹　另一半脸仍隐藏在天空中
等待那宏伟跌宕的声音如群山到来

弹　劾

那一颗沉重的炮弹放在桌面上
附有红色的信笺和署名
他看了脸色发白和发青
墙壁也和他的脸色一样轻微地战栗

四周白得让人有犯罪之感
他觉得环境有诸多不稳定的迹象
风随时可以从任何方向
变成突击队　向他递出审查的名片

他还是能感到那颗炮弹未来的重量
预测它爆炸的瞬间
那条唯一可以安全屏蔽自己的魔术
是绝望地闭上眼睛

当他睁开眼睛　墙顶有尘土落下
那个红色信笺署名人的脚步声
仿佛停在了门前
这时候那页红色信笺意外飘起
在他眼前爆裂了

陪审团

这三个人的目光
交汇在飞鸟形状的石英钟上
每到申诉接近白热化的时刻

时针指向整点　石英钟上的小鸟一哄而散

他们就利用这片刻时间整理心情
把郁闷的窗户打开
发霉的气息竟然来自自身
原告和被告在抗辩中发现彼此相像

坐在陪审团位置的人深感委屈
她是唯一熟悉原告和被告的人
最好的结果是和解
她用这样的眼神轮流看望他们

他们在抗辩中发现了逃生的天梯
发现了中国功夫的浅薄和深厚
在最后一场辩论中
被告捍卫"指鹿为马"的文化典籍
陪审人默认后　原告节节败落

海岩石

黑暗的潮水洗磨着海岩石
它瞪着只有白的眼神看着大海
在这一片汪洋之中
白色海岩石就像一把匕首

大海永不停息地洗磨它
用一个又一个巨浪粉碎
它想小心翼翼保护美好的记忆
它渴望的女神号走了再也没有回来

天空像渔民头上那顶沉重的竹笠
仿佛是岩石雕刻的面具
被太阳像点蜡烛那样暴晒
拉纤的渔夫们如岩石上被晒干的纸画

只有海岩石听见大海咬牙切齿地
洗磨它　闪电奋不顾身地撕开一条口子
隔着一个世纪
照亮海上那些梦幻般寻求复仇的航行

很多时候　大海用暴力打碎海岩石时
也打碎了自己
碎的那一部分海变成了海浪
它想爬到更高的海岩石上
梦想在巅峰时刻扭转大海的潮向

昭陵六骏之一

距离彩虹愈近的时候
梦境就更加清晰　我茫然四顾这个世界
我是这场剧中唯一的主角　生活就是梦境

我把梦境安排在离幻觉最近的地方
一棵树有着梦幻的头颅　动物和植物表情夸张
黑色从红色中升起　空气全部用粉色的音符覆盖

我可能是另一个世界的无用之人
我用换心术逃跑　用一根火柴点亮黑暗中的暗号

于是唐朝的马驹在梦境中复活　这六匹马在同一瞬间奔跑
它们用滚滚烟尘演绎昭陵六骏

我的梦境就是要像昭陵六骏那样奔驰
烟尘辽阔得像大海
夜空像那部马车拉起的一块长长的黑绸
除了他们六兄弟　四海之内皆是黑暗

昭陵六骏之二

昭陵六骏之外皆是黑色　他们自己的身体是唯一的白色
他们把这闪电洒在道路上
比另一个世界的闪电更加丰盛和勇敢
他们在闪电中不断变幻脸庞和雄心

梦境在他们面前照亮
他们绑架了速度之神　让它和心速一起加速之后
变成了像光速的一条白龙
梦境能看见什么他们就能看见什么

在飞奔之中山川和河流全部变成了
飞奔　那些瀑布在飞奔之中仰体向下
无形中飞越了空中天堑　那是昭陵六骏的身影
在跨越梦境之墙的瞬间

彩虹就是在昭陵六骏跨越夜空之后
盛开的一簇花朵　再慢慢变成那座跨越长河的石桥
石桥擦着夜空中的淬火在彩虹中诞生
像火变成铁那样在夜空里诞生

森 森

本名陈林海，男，1972年1月生，1995年7月毕业于中南政法学院（今中南财经政法大学）法律系，法学学士。海南琼海人，海南省作家协会会员，海口市作家协会理事，中国诗歌学会会员。诗作散见《诗刊》《星星》《诗潮》《椰城》《草堂》《海燕》《山东文学》等刊物，并入选多种诗歌选本，曾获鲁藜诗歌奖，出版诗集《隔岸》。

湖　畔

想到爱，与被爱
想到春日迟迟
我们被堵在新年旧岁的关口
一个有阳光的下午，我来到湖畔
不敢张扬的风，吹皱湖面
草叶初长，浅黄浮动
一艘轻舟上，有人在撒网捕鱼
轻巧的动作让我一度着迷
湖水的立世之道
亦聚亦散。聚则占地为湖
散时漏网而过。不像水中的鱼
看似游刃有余，却卡于躯骨的坚硬
挣扎于网上。湖边的人
嬉戏、野餐、拍照、吹风、晒太阳
他们收起了生活的困顿，我渐渐明白
日子锋芒太多，我们有时需要
一个低沉、开阔的湖和
模糊、黛青的远山

向日葵

我看过写向日葵的诗
都是低着头，一言不发，跟着太阳转
然后被扭断了脖子
然而我见过的向日葵不是这样的
在内蒙古巴彦淖尔、杭州屏峰和海南龙寿洋

我见到的向日葵,都是大大的脸盘
眉开眼笑,没有一丝哀愁
特别是有一年夏天
我经过四川汶川的时候,看到路边摊位上
被采摘下来的向日葵,同样是
大脸盘,眉开眼笑

凤凰古城

我怀疑,沱江边的建筑物
都怀揣一颗不安分的心,白天,借助阳光
夜里,借助灯光或者月光,千方百计
把自己的身段投入江中
沱江的水,一凉,就凉到了骨子里。一晃
就晃成了温柔乡
我认得这些沉默的事物
古城墙、老城堡、吊脚楼、万名塔、遐昌阁
几百年来,竟未捞起半滴江水
只捕获得一身斑驳
即便是简朴粗糙,或气势恢宏的
风雨桥、虹桥、风桥、云桥、雾桥、雪桥
以及在水中站成一排的跳岩
也只能在水汽氤氲中
看人间烟火,度荏苒时光
倒是一生从文、一世淡泊的沈先生
背井离乡,等来一城烟雨
还湘西一片柔情

在乌镇

乌镇丈量过了千万人的脚步
如今,又在量我和父亲的
一开始,我们走水路,摇橹船是我们的脚
踩着柔柔的碧波
轻松地检阅了堂馆、水阁和小桥
在巷陌里,青石板路有一张光滑的脸
却没有一颗圆滑的心
父亲每迈出一步,都被它如实地记下了
然后反馈在双脚上
在熙熙攘攘的人群中,我发现苍老的父亲
走路的艰辛。而他神情自若
他把蹒跚的步履藏于人群
把缓慢留给两旁的店铺,把歇息
交给树荫下饮水聊天、邮局里写明信片
成功地将我内心的不安
——化解

小陈同学

要早早起床,去农贸市场买菜和肉
要考虑每天不同的菜样
做出不同的菜式
早餐有时从外面打包,粥、包子、腌粉……
有时也买些猪肉、米粉回来加工
或者是煮一锅稀饭
煎上荷包蛋,榨菜炒肉丝

等做好这些,才去唤醒放假在家的小陈同学

而有的时候,在老家
休假的我在晨鸟欢唱中醒来,洗漱、运动
父亲摘回了南瓜,母亲叫我吃早饭
这时候我发现
我成了另一个小陈同学

月光的重量

你信吗
月光是有重量的
上弦月、下弦月或者满月
落在你身上的光是不一样重的
那一年,父母亲送我上省城读高中
天没亮就出门了
要从村里走很长的路到镇里
在镇上坐头趟班车到县城
再从县城坐车上省城
父亲挑着担走在乡间小路上
一头是大米,一头是我的被褥衣服
母亲和我跟在后面
那时候皓月当空大地沉寂
我们一路驮着月光
那种背负感多年以后我仍然记得
每当深夜遇见下弦月
在它的清辉里,总是游移着
让我肃然的力量

南方的心跳
——致椰蓝

今天，我从乡下
到省城赴约，一起举杯，庆祝你的新书出版
人到中年，你人生中的第一本诗集
显然已不能用浪漫两字概括
当然也不尽是沧桑
在这多雨阴凉的秋天里，万物都在生长
我曾多次造访你的故乡，火山人家
阅读石头成了你前半生的意义
人世纷乱中，诗歌就像吹过脚手架上的风
我们在搬砖、筑墙
有一种惬意是沁入体肤
我们一直都在书写经验，而我们的经历
又是那么简单，一览无余，谁又不是如此呢
乡村城市，历史现实，身边远方
我们被时光挟持着，用文字安慰自己
分不清酒和眼泪，除了作揖
我更喜欢回忆三十年前的海中校园
以及府城甘蔗园的旧时光
那时候我们一无所有，那时候
我们就是拥有无限

夜 钓

现在回想起来，夜钓
是一件多么有趣的事情。在南台水库

月光浮在水面，远山画在天边
我们并排而坐
水里面是我们未知的世界
带着诱饵的鱼钩，成了交流的途径
还有夜浮漂负责传讯
真好。一次次的实践证明，食之本性
成全了陷阱与快感
我们的胜利，不在于与鱼的较量
而是垂钓者之间的竞争
鱼的记忆那么短，它们不会亡羊补牢
甚至有可能忘记身边存在过
这个鱼，那个鱼
我也曾怀疑，鱼会叫喊吗？如果冷不丁
大叫一声，我们一定会
吓一大跳

东坡书院的石碑

我寻不见狗仔花
倒是有桄榔树三五成群，随风摇曳
在东坡书院，石碑站在边边角角
皆为后人所立，而所立之人
并未赦免石头之罪
这些坚硬的纸，背负文字
除了风化磨损，还承受了挥舞的铁锤
一定有人在欢呼喝彩
不然石碑不会被砸得那么碎
需要重新刻立。而手下留情断残的
修复后一直提着伤口，不知道还疼不疼

我庆幸有些石碑保存完好
让我目光不被折断，念完碑文
就像我亲近院中古井
当清洌的泉水落在我的脸上
我又一次选择了谅解

远　方

船已经归来
停进了码头，也停在我的墙上
成了一幅油画。我不知道作者是谁
是现场写生，还是图片临摹
海水就这么荡着
轻轻的，听不见潮声
岸边的花也一直开着，黄灿灿的
不分春夏秋冬，船上的人
很多年过去了，他们在做什么呢
我想象着，而我知道，静止的留白
只是我们的一厢情愿
就像此时，我看到
海水连着海水
远去的船开进了天空，而风
　"远在远方的风比远方更远"

临街的窗

找个临街的窗边坐下
窗外,纷扰的人世奔袭而来
就像在读一部小说
人物就在眼前,每个人都有不同的际遇
不一样的是,我不能设定他们
除了环境和表情
我看不到他们都经历了什么
街道属于陌生人,掩饰是生活的一种
在茶香弥漫的屋子里,时光缓慢
幽暗藏起了棱角
有一会儿,我精神游离
直到看见阳光照在怒放的三角梅上
也落在窗台的多肉植物上
我才回过神来,把自己的肉身
交给了来来往往的人群

在雨中

纷纷扬扬的小雨
不知道有没有被寒流冻伤
农贸市场外的路旁,一些菜农地摊
因其没有归市,常常被驱赶
我打伞经过的时候,听着他们吆喝
被雨淋后的蔬菜更显新鲜了
不像他们的脸,挂着雨珠,暗淡
我为买菜而来

生活让我与他们有了交叉
却又仿佛毫无关系
我看见有人卖完菜，挑起箩筐离开
马上就有其他菜农填补进去
他们就像这地上的水，前面的流走
后面的跟随，维系着一种状态
从来就没有人计算过
这些自由的卖菜人，一共有几个

山里的石头

在山上，我们看到的石头
大小不一，千姿百态
褐色或银白
都有很强的亲和力
任你拍打、依靠、久坐或者躺卧
在黎母山和卧龙山的山顶
我们站在大大的石头上
挥舞着双臂，庆祝登顶成功
而有一次，我们穿越黄竹岭时
经过一处长长的水道
里面匍匐着墨绿色的石头
潮湿，光滑，森然
当我们小心翼翼地从它们身上踩过
有惊无险生出的疏远
让我们忘记了附生的青苔
甚至我怀疑，那些石头也忘了
自己原来的样子

拣豆芽

妈妈在阳台上拣豆芽
女儿在客厅弹琴,这样的下午
时间注定是缓慢的
钢琴已经有几个月未发出声音了
一直被洁净的布遮盖着,隔三岔五
妈妈就会掸掉布上的灰尘
拣豆芽的工序十分简单
掐掉根须,去除豆皮
却很乏味。琴声跌宕起伏
往常安静的屋里
一时多了跳跃的事物:
探进来的阳光,粘着风的窗帘
妈妈拣豆芽的手

自由灯塔

自由灯塔嵌入海里
通向灯塔的路只有一条
我可以这样想,一座灯塔管着一片海
一条路管着一座灯塔
清晨的路是潮湿的
一些浪在夜间冲了上来,回不去的海水
成了路的一部分,我要蹚水而过
而我乐意,这种惊喜在我
看到灯塔的第一眼便开始出现
孤单让它成了主角

背景是天空、大海、朝阳和云彩
这些恢宏的事物，让它在不同的角度
活出了不一样的美
而面对镜头的灯塔是谦逊的
无论在显要位置，还是画面的边缘
它的简单与不可缺少，或许更
是被人牵挂的缘由

陆海峰

笔名海风,广州番禺人,1996年毕业于中南政法学院(今中南财经政法大学)经济法系。曾任网络诗歌平台编辑、主编,多篇作品发表在报刊、网刊,现居广州。

开元寺

寒冬腊月
我来到传说中的桑莲法界

这里　既没有纷飞的雪
也没有盛开的莲
只有求神拜佛的人们
香烟依旧缭绕
我感到一阵茫然

在熙熙攘攘的人群中
在朦胧的烟雾中
弘一法师的纪念馆紧闭着
就像我的心

仰天长叹之际
一片枯黄的杏叶
从空中缓缓飘落
仿佛一片雪花在飞

瞬间融化在我心中
如一股暖流闪电般遍布全身
此刻，心头一片澄明
如空山寂寂，落叶有声

我捡起杏叶，收入行囊
转身离开

春风祭

大地早已苏醒
而我，还在梦中
心中的太阳沉入大海
无法穿越黑暗

花园里的玫瑰已经凋零
你的背影就像云中的月亮
时隐时现

我将在梦里继续沉沦
汹涌的波涛里一叶孤舟
无法靠岸

而你醒来
风平浪静的海面
已无初升的太阳

十年以后

十年以后
尘埃落定
就像倦鸟归林
开启不紧不慢的日子
坐观日出日落
或于窗前听雨打芭蕉
或看满池莲花饮清露

或者来一场说走就走的旅行
在北方踏雪寻梅、烹雪煎茶
不需追忆如风的往日
此刻，山就是山，水就是水
去感受大自然来来去去的轮回
去品味大街小巷的人间烟火
此刻，无须要去跨越世俗的界限
应于心田植一盏灯
照亮幽微的世界
遥远的地方闪亮着一颗星
星光穿透苍穹
来到世间，来到心间
开启一个模式：
"山高路远觅知音，海阔天空对月吟"

抛 弃

早餐，叫了一份外卖
吃完早餐，就抛弃了一次性餐具

人类的智慧使生活越来越方便
大量的一次性用品
似乎暗合了这个社会的规律

而我们作为一次性用品
也终将被这个世界所抛弃

素 颜

鸟儿在雾霾粉饰的天空
迷失了方向
兔子在面具伪装的森林
掉入了陷阱

这是一个戴面具和粉饰的世界
处处是伪装的假象
处处充满危机
疲惫受伤的心灵
需要放松和疗伤

走吧,寻一片桃花源
这里没有伪装,也不需要化妆
就这样
如山间的小溪一样清澈
唱着欢快的歌
相拥走过春夏秋冬

走吧,寻一片桃花源
这里没有陷阱,也不需要戴面具
就这样
如花鸟鱼虫一样生活
沐浴在大自然的气息中
相拥走过素颜的人生

晨　曲

晨曦穿透云层落在塔尖
绿衣使者便开始打扫昨日的战场

黄袍小哥穿行于大街小巷
农民在田野上忙碌

从各个住宅小区开出的汽车
在宽阔的道路上汇成河流

大地上每一棵小草都在努力发芽
每一朵含苞的花都在努力绽放

而我，奔跑在
起跑线和终点线之间

和他们一样。仿佛一个个音符
跳动在五线谱上构成生命的旋律

音乐花盆

你像一阵风
从一座城吹到另一座城
或从一国吹到另一国
总是游离在我的视线之外
望穿秋水不应该成为生活的日常
外面的花花草草太多了

外面的蜜蜂蝴蝶太多了
它们装点的春天并不是我的
我只想把你种进我的音乐花盆里
渴的时候，给你浇水
闷的时候，给你放音乐
每天和你一起晒太阳
静静地看着你绽放
这样，我就拥有整个春天了

吃包记

我去天津出差
听说狗不理包子很出名
专门去当地一家品牌老店品尝

第一次去，感觉非常好吃
第二天又去
感觉还可以

第三天再去
还没吃
感觉已经饱了

黑　洞

童年时的凉鞋

穿着穿着
就消失在里面

少年时的布鞋
走着走着
也消失在里面

青年时的球鞋
跑着跑着
同样消失在里面

回头望去　什么也看不见
一切都已太遥远
全在黑洞里消失得无影无踪

只有爱和梦想像夜空里的星星
时时闪烁着

而在黑洞门口
风雨不改裙摆翻飞：
桃花、荷花、菊花、梅花四姐妹
轮值做迎宾女郎
迎接每个人的到来

我抬头，望着星空
向着黑洞前进

红绿灯

你，有时亮红灯
有时，亮绿灯

阳光灿烂时
我想，你应该亮绿灯
让我畅行在阳光大道
可你，却亮起了红灯

刮风下雨时，
我想，你应该亮起红灯
让我停在十字路口暂避风雨
可你，却亮起了绿灯

今日，没有阳光
无风，也无雨
……

刮胡子

她发微信
说下周末来看他
他很高兴
每天早上对着镜子刮胡子
从星期一开始刮，到星期四
睡上铺的兄弟终于忍不住了：
哥们，你这是咋了

你平时懒得刮胡子
他说，胡子拉碴怪吓人的
心里却说，胡子长了扎人
周末，她发微信
说有事来不了
胡子立马解放了
又长得老长　老长

弦　月

花开花落
来来往往的人
消失在夜色中

流星划过天际
仿佛你的运行轨迹

耳边隐约响起你的声音：
来，我们一起唱首歌吧

我唱起牧羊曲
弦月落入杯中

木 童

本名李开华，中南政法学院（今中南财经政法大学）经济法系92级学生，现定居广州，广东金桥百信律师事务所合伙人、律师，金桥百信文学社社长。

立 夏

这个陌生的男孩
他的面孔是崭新的
每天从晨曦边缘站起
默默举起双手炫耀力量

他用力拉开弓弦
将初升的太阳弹射出去
等待它落在黄昏的夜晚
小心翼翼一点点加大力量
太阳的温床每天都不一样

立夏开始
在越来越大的舞台
他的力量越来越精准

石竹花

在海边的站台
石竹花在大树脚下
成群结队地跳舞
不知疲倦

镶嵌白边的粉红裙子
向天空伸出粉嫩的小手
被海风之帆
鼓动出彩色的波浪

低矮瘦小的石竹花
甘愿成群俯身大地
硕大靓丽的向阳花下
它对春天的热情
不卑不亢，满心欢喜

红色木棉花

流出鲜红的血
将空洞的天空染红
然后从高空跳下
大地的悬崖

"儿子，大又重的花朵，
会砸痛你的头吗？"

"它们打开降落伞，
轻轻停留在我的头上，
然后小心翼翼离去。"

无论高处或低处
活着或死去
它执拗，勇敢，温柔

清 明

梦中不知疲倦的灯变成太阳
拨开层层叠叠的烟雨
在车轮和脚步踏入故土时
变成明朗的天空和方向

终于回到清明的田野
万物的生长熟悉又新鲜
远远的目光伸出双手
包围从远方带来的身体

清明的春风吹来
饱满的油菜籽，稀疏的油菜花
两只黑黑眼睛的豌豆花
锋芒毕露密密的麦床
碧绿葱葱的香樟树
在天空穿梭的鸟儿
清澈见底的小河水
都是您端给我的佳肴

我匍匐大地，竖耳而听
在大地之上接收阳光和礼物
我与他们融为一体
今夜可以好好沉睡

妈妈，您栖息故土，灵魂每年轮回
变成一颗颗历经四季的种子
我不再悲伤，您多么幸福

妈妈，请将幸福赐予我们

在房前屋后，甚至城市的阳台
长出牡丹花、石榴花、太阳花、三角梅
它们从田野中来，带着您的模样

登临 4680 米

玉龙雪山
冰川上的鸟
雪山的茶
游动的云和风
经过 4680 米
行进在山巅的路上

离天空越来越近
不断褪去身体
以及城市多余的部分
只剩下肺和氧气瓶
以及跪拜的双手和膝盖
对远方默念：广州你好

云从天空降落成雪
时间积淀成冰川
紧抱黑色的山体
长久寂寞的隐者
思想汩汩而出
融化成蓝月湖
如大地的一面镜子

亲爱的你，从今往后

白昼向高处行走
夜晚在湖中静眠

华南植物园

蓝灰色的霸王棕　真假的槟榔
长眼睛的龟背竹　穿裙子的水石榕
储藏水的旅人蕉　妖娆的舞女兰花
如网球果实的团花……
世界各地的优秀代表
都是孤独的流浪者

只有笔筒树以及苏铁
不孤独
恐龙的玩伴和美食
它们忘记时间的悲伤
继续勇敢地活着

只有无忧树和诃子
不孤独
它们赐予佛陀和药师
超脱有限的身体
在人间永生

华南植物园
安静的端午
我们都想起屈子
他超越时空，不孤独

黑色的猫

黝黑坚硬光滑的石头
披一件黑色的貂皮大衣
尽显奢侈豪华
阳光用一天的精力
从早到晚
用剑,用热情
要脱去它的外衣
黑夜换一种方式麻痹
也未潜入它的内心

这只黑石一样的猫
镶嵌一颗晶莹的宝石
它掌握光与黑的闸门
挡住诱惑,坚守内心
在黑夜来临时
收集细微的光线
孤独行走

六一的夏蝉

只有夏蝉在树上
肆无忌惮地
对着天空的操场
欢庆六一
而人间的孩子
都被小心翼翼地安排着

有限的节目

即使被全副武装的
贪恋唐僧美味的捕蝉人
装进铁笼
它们还是声嘶力竭地哭泣着

可恨的人类
它们还是孩子啊
还未实现飞翔的梦想

为爸爸理发的日子

多么幸运
爸爸的头颅
仍然是远方的田野
一茬一茬的茂盛
等待一次次的收割

我细细地收获
这花白稀少的作物
储藏进岁月的粮仓
在贫瘠的田野里
又播种下等待

每月,选择一天
虔诚又欣喜地收割
多么担惊受怕
我会空手而回

胡丹丹

中南政法学院（今中南财经政法大学）93级经济法系学生，曾任院报记者、编辑，早年有小说、散文类作品发表于《中国校园文学》《南方文学》等报刊，后从事广告与营销相关工作，曾任职于电通和阿里巴巴。

小乌鸦

早上八点半
公交车站
候车的人焦急张望
坐车的人摇摇晃晃

一米之外的草地上
一只小黑鸟　跳上跳下
扭动脖子　整理羽毛　啄食青草

如果不是仔细看清了它的羽毛
我怎能相信这是一只乌鸦
它的欣喜和自由
让车里昏昏欲睡的人
相形见绌

妄　念

当你表达时
你的语词如它的笔画
横平竖直　跃然纸上

你就是这个意思
这个意思里没有糖
没有盐
没有砒霜

你只表达了语词本身
而你的语气　你说话的表情
却触发了尊严感
魔识、妄念，与执着的复合体

她解读了你的语句
解构了你的表达

她嘤嘤哭泣　怒不可遏
又思前想后　辗转反侧
在睡眠之前与自己搏斗了三十分钟

吞　咽

从吮吸第一口母乳开始
我们就学会了吞咽

最初我们吞咽食物
渐渐地我们吞咽话语
吞咽怀疑和想象
吞咽爱和愤怒

有一天我们完全吞咽了意识
躯壳变成了风筝
在空中飞舞

城市早起的鸟儿

我多想用五线谱
记录你的鸣啭
你像是对着太阳在唱一首欢迎的曲子
又好像甜蜜而喜悦的唠叨
在叫醒伴侣和孩子

你是那个无心的歌者
而我听者有意　喜从心来
我感受到了这个春天的美好和生机

我感受到了
你的鸣啭里带着神谕
告诉我
一切都会好起来
真的　都会好起来

关于爸爸的意象（组诗）

自行车

1981 年春天
您骑回来那一辆
黑色二八
铃儿铛铛　伴着您熟悉的轻咳
那时
您穿着蓝色卡其中山装

您扶着后座
一个一个教我们骑车
大女崽　满女崽　满伢崽
溜车　前迈　后迈
这种骑车的姿势
是爸爸
和八十年代
打在我身上的标记

爸
我又用飞行积分换了一辆自行车

这是第一次
没有了爸爸
替我安装

世界公园

爸爸五十九岁那一年
去了世界公园的门口
"门票100太贵了
明年领到老年证
免费看遍全世界"

爸爸七十一岁这一年
重病中努力忘记疼痛
"等我好了　去世界公园走一走
如今有了老年证
免费看遍全世界"

爸爸走了　就在这个夏天

149

我整理爸爸的衣柜
在最常穿的外套的胸口
揣着两张照片
是十二年前　爸爸在世界公园的门口
举着剪刀手

拖拉机

爸爸用最低廉的价格
买来行将报废的车壳　电瓶　和柴油机
爸爸像高超的外科医生
将它们修理　组装成一辆拖拉机

爸爸开着它
耕种　运输
支撑着一个五口之家的温饱

"车被扣了"
那是爸爸无从修理的事情
这深夜的叹息
我至今害怕听到

挖掘机

爸爸想买一台挖掘机
想要把山里的路修通
想让楠竹　茶叶　和山茶油
都能及时收种

爸爸想用挖掘机
建一个开阔的农场
和妈妈一起种植蔬果

让我们一年四季都取之不尽

爸爸走了
想要的挖掘机
还没有买回来
爸爸带走了
挖掘机　一个男孩子心中的梦

龙潭湖的春天

春天
略过灰霾的天空
父亲忘掉病痛
看见你们

迎春、连翘、碧桃
榆叶梅和二月兰
娇俏如鸽子的紫玉兰和圣莲般的白玉兰
龙潭湖的春天
念出花的名字　即已成诗

这是最后的春天　父亲在心里存下你们
龙潭湖春天的花儿
是明媚，是爱
是清风，是暖阳，是灿烂光明

姑姑的透视眼

姑姑为照顾爸爸　她生病的兄长
来到异乡
她的手机里装了透视眼
透过 App

151

她能看见故乡
看见自己的院子
孙女在奔跑　玩耍
邻居进了她的菜园子
摘走了她种的哈密瓜

爸爸看着姑姑
觉得她像《西游记》里的神仙
爸爸相信　人们有这么神奇的超能力
他一定能身体好好的回家

★写于 2022 年 9 月 6 日（农历八月十一日），爸爸 72 岁冥诞；爸爸已于 2022 年 7 月 17 日永远离开了我们。

陈 璇

中南政法学院（今中南财经政法大学）法学院94级学生。高中时开始发表诗歌、散文、杂文、小说等作品。系黄冈市作家协会会员、赤壁诗词协会会员。

热的废墟

铅灰色的楼宇
坍缩着肩膀
空气呲着獠牙
收割着时间的皱褶里
溢出的汗滴
就这样日复一日

一切都枯萎了
只有苍青色的天空
绵密繁复的咀嚼
残存的意念一缕
就这样深深镌刻
空寂如墓园的城郭

然而终究会风过东山
星辰　江海　春秋　昼夜
依然澄澈明亮
我们在旱霾里
一望无垠地展望

模糊的时间

一切都在春雨杏花里
慢慢铺展
远树成山
青石板上的苔痕

攀附着脚印
渐次苍凉

诺言在唇瓣凋零
光亮和背影
在视线之外
一樽薄酒
在光阴的罅隙里
波澜跳荡

暗夜里，一纸心事的流转
唱了又唱
矮山陌远，村舍安然
一箭鸽翅
在蔚蓝之上

隐入尘烟

两个卑微的生命
握紧彼此粗糙的手
如虫蚁微微触碰触角
圆润而饱满的土地
承接着黢黑的密布皱痕的四季
没有喧嚣，没有辽阔
没有言语，没有表情
一块檐瓦一碗吃食
竭尽全力微不足道地活着
竭尽全力微不足道地守护
如一触即溃的脆弱气泡

虽然曾经折射过色彩
终究隐入尘烟
如此浩瀚而深沉的忍耐
年复一年

瓷器中年

把皮囊的拉链拉开
吞吐着冷暖
梧桐阴下
端坐着
素若菩提
得失了然
因为握不住将来
所以不再被裹挟
无影灯下
反复重叠的过去未来
那些心头热血
在身外喷薄
一次又一次地割开、缝合
思绪被烫疼
瓷器般薄脆的生命
小心翼翼地粘贴着
微不足道的期许
墨色如旧，暮色安然

一 行

　　本名王凌云，1979年生于江西湖口。中南政法学院（现中南财经政法大学）1995级经济法系本科生。现居昆明，任教于云南大学哲学系。已出版著作《来自共属的经验》（2017）、诗集《新诗集》（2021）、《黑眸转动》（2017）和诗学著作《论诗教》（2010）、《词的伦理》（2007），译著有汉娜·阿伦特《黑暗时代的人们》（2006）等，并在各种期刊发表哲学、诗学论文和诗歌若干。

寂　静

这支歌，唱给寂静；
这支曲子，为寂静伴奏。
漫过不敢起风的树木和黑夜，
寂静在伸展、旋转，
带着舞裙一样的黑色的时间。

有一种声音无法抗拒，
你甚至不能用耳聋来抵挡。
所有的声音反射着它，
正如听到的寂静
反射出没有被听到的寂静。

是寂静塑造了人的耳朵，
并在其上倾听我们的内心。
而我听到一种消失的声音：
那是耳朵在空气中缓慢地溶解，
那是我终于被寂静听到。

献给卡米拉的哀歌

许多事我们还无法看清，
直到在人群中忍受了孤独。
卡米拉，你因为雕塑看透了世界，
而世界拒绝你，像活人拒绝坟墓。

作为女人，爱逼迫你成为美的化身，

但你的使命是成为美的创造者。
为此你甚至放弃了希望,像一棵树承受
藤蔓一样缠绕的从生到死的恐惧。

又一次,你从寒冷中醒来,
看到河水像人们的嫉妒把你包围。
罗丹的吻再也不能让你感到温暖,
你在发抖时依然是高傲的。

因此你只能和你的失败守在一起,
用平庸来报复整个世界——
而谁愿意陪你一起急剧地衰老?
谁仍然爱你面目全非的面目?

有一种美产生于对美的仇视,
它拆穿了罗丹们精心编织的
爱与死的谎言。对于人类,并非头颅
而是胃和生殖器指明了道路。

而为何我还长久地做着另一个梦,
在梦中你有着另一种疯狂:
和所有人一样,为了尘世可能的幸福,
你甘心让爱情毁掉才华的全部。

独　唱

无须舞台与灯光,
也无须有人倾听和鼓掌。
然而要虚空,要失去

自己的姓氏和面孔。要独立,
不依附任何伴奏或合唱的存在。

唱吧,但无须唱自己的孤单,
无须迷恋自己优美的嗓音。
要克制,像一朵花
克制自己开放的速度。要陌生,
像一朵花在开放中变成另一朵花。

唱吧,无须管自己是否理解,
无须担心能否承受这致命的打击。
要愚蠢,要拾起
众人丢在路上的无知的干柴。要软弱,
在每一个可以站住的时候倒下去。

唱吧,无须理会自己的走调,
无须保持自己的音准和本色。
要失误,让一个陷阱
失足走进自己的脚下。要低劣,
要使用恶棍的措辞和腔调。

唱吧,无须怀疑自己是否在唱,
无须认定自己只会尖叫和哭泣。
要坚信,正因为
在黑暗中歌唱是荒谬的。要大笑,
把一些光从嗓子里摇晃出来。

唱吧,无须否认自己从未出声,
无须拒绝最后的哑巴身份。
然而要大气,聚集起
从出生到现在的全部沉默。要崩溃,
要让所有的寂静成为自己的碎片。

制陶者

隐去激情,隐去自己的脸,
制陶者让双手
长满来自事物本身的纹理。
触摸消失而世界成形。
唯一者坚定地到来。

满山的泥土在制陶者身后翻滚,
如一群围住他跳舞的迷娘。
而他的目光始终指向根须:
那里的土壤承受过阴影的重压,
并具有在窒息中变得有力的血液。

这些泥土和尘埃曾被人践踏,
曾是事物中最容易遗忘的部分。
制陶者保存了它们——
未及羽化的蝶蛹,鹰衔落的果实,
和一条蚯蚓慌忙爬过的痕迹。

泥土的成形并不需要掺杂水分
或眼泪。它仅仅依靠血液带来的柔韧
和从亡灵与事物中生长的技艺。
他的手来自不可知者:谁塑造了人类的骨头?
谁把指纹印在树的身体里?

制陶就是使柔软的泥土
经过火焰而变得坚硬;
就是使火焰进入事物,
成为受到冷却和挤压的激情
以及激情之后的纯净的尖锐。

这是一个花瓶的时代,
到处闪动着用来装饰的优雅的光泽
和它们一碰即碎的脆弱。
制陶者宁可让光芒隐入事物的内部,
陶器黝黑无光,如同劳动者倔强的脊背。

制陶者看到更多的人用水泥替代砖瓦,
造起似乎坚不可摧的堡垒。
而骨头却在钢筋混凝土的制度中
无可挽回地软弱下去。
重新炼制骨头是他不可能的一生的事业。

而当他老得像传说一样,被人遗忘,
却有一个隐身人向他索要最后的物品。
他打碎一切模子,他把自己投入炉火。
最后的事物失去了形象——
一经敲击便成为山岳的雷声。

弥漫,或乌鸦之死

乌鸦在夜晚死去,最后的飞翔
扬起了尘土和光。
颗粒状的死亡在空气中弥漫,
这样的死让人屏住呼吸。
在黑夜里,呼吸就是犯罪。

我不知道夜晚和死亡哪一个是虚构,
但乌鸦是真实的。它的黑,不是颜色,

是对颜色的抵制。它的飞翔
与一切方向相反。它磁性的眼睛,比死
更有吸引力,更不可抗拒。

它就这样强加给黑夜,
为了诅咒它用尽了全身的力气。
而乌鸦的诅咒从未应验,
人们捂住耳朵善良地生活,
脸上修辞着微笑和泪水。

而是谁在人群中抽象地痛哭?
没有泪水、没有脸孔地痛哭,
像在给乌鸦伴奏。
但死亡是无声的,它仅仅悬浮,
尖锐的形状来自一场破碎。

黑夜要怎样破碎才能变成乌鸦?
哭声要怎样弥漫才能化为寂静?
一只乌鸦的死产生了另一只乌鸦,
正如哭声带来了它的回声,
以及巨大的、深不可测的寂静。

现在是寂静终止了乌鸦的飞翔,
它的诅咒让位于更高的怜悯。
一只乌鸦死了,黑夜突然加剧。
而飞翔依然在暗中进行,
空气中弥漫着另一只乌鸦的存在。

我等着起风

我等着起风,我等着
被风折断。在风中站稳脚跟
是不可能的,我等着放弃,
等着暴露自己脆弱的本性。

我等着被轻视!被含情脉脉的目光
忽略。无力出示自身存在的证据,
我等着被吞并,
被一场突如其来的审判消灭。

而我的屈从越来越狂热,我等着被篡改。
当脑袋被磨刀霍霍的瞎子砍掉,
当积蓄一样少得可怜的脂肪
留下,我等着被称量,
等着被提到市场上贱价出卖。

我等着被一双手玩弄和扔掉,
像过时的铜币。反对世界
是愚蠢的,怜悯也过于奢侈,
我等着被嘲笑,等着大幕在笑声中落下。

我等着像一块石头那样沉睡,
无视地震和雪崩。
我等着血液蒸发成天上的霞光。
我的沉睡是疯狂的,它耗尽了我全部的热量。
我等着冷却,我等着被火焰遗忘。

终于我等到什么也不必等了。
什么也不等,仅仅是等,这已经足够。

而时间却不多了——
我等着,等着被死亡打断。

献给爱米莉的玫瑰

我看到了你美丽的身体,
我嗅到了你散发的迷魂的香气。
不要再拒绝我手中的玫瑰,虽然
握住它的是你仅剩白骨的手指。

在夜晚,我要依然和你同床共枕,
黑暗中要依然倾听你腐烂的声音。
我要抚摸你,你也依然柔软,
满手的蛆虫在我掌心欢快地翻腾。

那些白色的、红色的小东西,
甚至比我的词语更具有穿透力。
它们在你体内自如地闪现或隐没,
连我也不曾如此洞悉你的秘密。

因此我只能从它们那里学习语言,
用一种腐烂的腔调唱这首诗篇;
因此我只能看着你的眼睛成为空洞,
它无法填补,像我对你的迷恋。

你的香气溢满了这间不大的屋子,
它激发我每天梦见不同的往事。
你面孔模糊地君临我的世界,
在你死后,我的生活才真正开始。

这是一次守候,但与天堂无关;
这是一种变化,像海枯石烂。
你要用骨头保证在我床上等到我死去,
虽然我的血早已被生活吸干。

木匠情歌

让我用刨子抚摸你光滑的脸,
让我用它刨得你神魂飞卷。
你匀称的身体将要因此而消瘦,
是木头,也要燃起欲望的烈焰!

请相信这锯末一样琐屑的爱情,
我将像楔子嵌入你固执的生命。
像枯叶在腐败中缓慢地着火,
我们的不洁浓烟般消散、升腾。

一具肉体向另一具肉体倾斜,
一朵火焰在另一朵火焰中熄灭。
两把椅子在屋里赤裸而安静,
一抬头,便洒落满空的木屑。

屋外,树叶代替我们呼吸;
屋外,树汁代替我们流泪。
树木用伤疤在相互打量,
伐木工斧子的节奏越来越欢快。

这样劈头盖脸的幸福无可抵挡,

像不能承受的锤子砸在我心上。
而对于生活我是一张散架的桌子,
谁依靠我,谁就在加速我的灭亡。

因此我听到一种残酷的声音:
在旋风中相爱比呼吸更不可能。
我将交出锯子来逼你背叛,
像斧柄背叛树木,像欲望背叛爱情。

三月二十六日

我无力承受今天这灿烂的阳光,
不是天才,却染上了天才的绝望。
或许我并不想继承你的痛苦,
不读你的诗,我也未必更幸福。

这样美好的天气人们不会想到死亡,
但你死了,比活着还要傻。
如今你的尸骨在诗歌中腐败,
和你痛恨的家伙一起被人膜拜。

而我仍要写诗,仍要将诗写得
像金钱一样有力和不可抗拒。
我仍要活下去,用黑暗
去伤害尘世的幸福,为时代作伪证。

冥　想

如果我死去，就不会
再像现在这样遥望天空。
死，是视角变换，从有限者的仰视
倒转为无限的俯视。
不再有眼睛，但目光无处不在。
我会像一块晶盐溶于海水那样
消失，成为天空本身，
比生前更辽阔。
在人们再也看不到的地方，
天空湛蓝、完整，没有一丝裂纹。

"孤独的谋杀者"

橘子剥开前，是混乱、无来由的联想。
比如，某个夏日，在青绿果园里攀爬、偷摘，
被蜜蜂或毛毛虫惊吓；又或者，用手接过
向我递来的新鲜的一瓣，却看不清
后面隐藏的脸。
眼前，几只橘子在托盘中待着，摆放如
静物画的造型……突然想起幼时，小叔叔
给我买过一种糖豆，它的外包装或容器
就是橘子形状。那天是我第一次
看彩色电影，被小叔叔牵着，在县城礼堂，第一排。
电影名称是"孤独的谋杀者"，一个大大的拳头
似乎要从海报中伸出来，砸碎一切。
边看电影边嚼着糖豆，为屏幕上的血腥震惊。

那位叫"美人蕉"的侠女最后死去,剩下男主角
抱着她走向落日。
是落日还是朝阳?记不太清了。只大约记得
那太阳是橘红色,照着深远、浩瀚的天空。
现在我知道,那是孤独和绝望的颜色。
为什么好人也会死?我问叔叔。
叔叔没解释。可能他和我一样没学过历史,
看不懂剧情,只能从长相和表情来分辨善恶。

地平线

望到地平线,就会想起
那些逝去的人。
白天,他们被排除在
可见视野之外。
多年前,婆婆告诉我
地平线是一道堤坝,分开了
阳间与冥界,生者与死者。
那时,我以为它像门槛,
清晰、稳固,令人心安。
一九九八年,亲眼见到河堤
溃败,人被洪水卷走,瞬间
就消失于不可见的异处。
从此我发现,地平线
其实一直都在颤动。
——它上方的云团
是镇压在堤坝上
一层一层的沙包,
却阻止不了那些逝去的人

夜晚之后的活动。
天一黑，地平线
就开始模糊、坍塌。
而冥界涨潮般，向我们涌来。

停　驻

突然站住，因为一滴雨
打湿了我的脖颈。
望向天空，那里，云层边缘
有银箔刚刚开始镀金的颜色。
太阳隐藏着，但不久就会露面，
像一个即将被揭开的真理。
身边，一群正奔赴考场的学生
如阵风刮过，裹胁着
满脑袋试题形状的乌云。
他们行色匆忙的眼睛
看不到光，也感觉不到
有雨滴正落下，望向天空
像望着一张空白试卷。
——太阳的标准答案
隐藏在云中，等待着
被他们从记忆里搜寻出来。
太阳必然存在。但雨
从天空落了下来，无法预期。
——雨是一种生命现象，
它的存在有赖于微尘，
而微尘的核心是一些细菌。
幼年时，我总喜欢把隐藏的太阳

想象成一只鸟,在梳理自己
明亮的羽毛,不时用小小的尖喙
啄击着麦芽糖板似的云层。
此刻,正在下雨,每一滴雨
都有麦芽糖的甜味。
我在去往监考的路上站住,
看雨点混合着光落下,
像知识混合着灵性。

体罚简史

坐在林子里看瀑布。
想起少年时代,一些不太愉快的事。
眼前细细、光滑的竹子,在晃动中
幻化为父亲高举的竹条,将一道白印
像车辙一样反复烙进我手心里。
那集中、锐利的疼,让我至今
难以相信竹子是一种草本植物。
竹棍打断后,换成了木尺——
数学课上我用来作图的直尺,
不知是什么木材制成。
它平平、又重重地落在
掌中央,这用于测量的尺矩
带来了不可测量的酸麻之感,
按圆规画出的弧形朝四周扩散。
我一声不吭,想到"草木非人",
果然可以无情地施加于肉体。
后来,我上中学,父亲改用
更具动物性的方式:他解下

腰间牛皮制成的皮带,抽打我
直至屁股和大腿布满蛇般的鞭痕。
有时是罚站、饿饭,像熬鹰一样
让我屈服。当我身高长到和父亲平齐,
他就不再打我。也许打人的权力
和这瀑布相似,都源于某种落差。
那些创痛早已不见于肉体,但它们
并未真的消失。今天,当我看到
瀑布携带着不由分说的权力
击打着岩石,那些隐秘的伤痕
就从我身体和记忆里飞出,
随物赋形,让周围每一件事物
都变成创伤的投影:它们化入
田间的牛、林中的蛇和天空的鹰,
或者变成岩石上满布的裂口,最后
与眼前的竹子、树木重叠为一体。

吃栗子

平生第一次,和父亲一起
坐在桌前吃栗子。
栗子包在纸中,透着一股
经细砂翻炒后的茶油味。
父亲说,闻上去就知道很甜,
感觉像阳光下一条马路的清爽,
不是用沥青,而是用饴糖铺成。
我从文化巷口买回时,父亲
正在整理旧物。我们在桌边坐下。
栗子壳泛着油亮的光,坚硬得

像河边的石头,差点把父亲的假牙崩飞。
我只好帮他剥了几颗,每一颗
都露出金黄、完整的仁,一点
都没被壳黏附。父亲说:如此品相的
栗子很贵吧,三十年前我们可吃不起。
我点点头,想起自己可怜的
少年时代,从未吃过这么甜的栗子。
父亲又说:那时,你每天要吃
另一种栗子。是的,因顽劣
而惹恼父亲时,他会弯起
食指或中指的骨节来敲我的头。
——我们那儿管这叫"吃栗子",
几乎每一天,我都要吃好几颗。
我问父亲,他年少时吃过栗子没?
他沉默了一会,告诉我一件轶事:
十一岁时,他和同年纪的伙伴
到公社后边的山上偷摘毛栗,
被看林人追了两座山头。从坡上
滚下时,满荷包的毛栗果刺
扎得大腿上全是血。逃回家后,
爷爷勒令立即交还,也没帮忙包扎。
他劈头两个大栗子,将父亲敲晕:
"让你吃栗子!你吃个卵栗子!"

重 叠

好几次,深夜醒来时,以为
自己还住在三十年前的屋里。
窗外的雨,与当年让我惊觉的雨

重叠为堆满瓦片的屋顶。记忆
水流一样沿斜坡,沿瓦片间的凹槽
流淌而下,注满空寂如缸的心。
那时,我喜欢听雨水滴落在缸中的声音,
像是某种有节奏的叩门声,有人来了
想要进入梦境。
那口檐下的大水缸,里面积着我的无数个梦——
用手去试探、搅动,就会看到层层晃动的
更深的幻象。
现在,我住的房子再没有带瓦片的屋顶,
没有飞挂如禽翼的屋檐,没有檐下的水缸。
只有一具空寂的身体,经常在梦中惊醒,
如同水缸被石头砸破,时间的流水即将漏尽。

水　声

我们在瀑布前听着水声。
一些水直接落下,坠入深潭时
溅起细小的白花;另一些水
撞击在岩石上,发出剧烈的轰鸣
然后才落下。一层一层的声音
像一层一层的记忆,铺满我们的谈话——
如果听得长久,可以听到远处的水
流入湖泊的声音,这一切
都在证明时间的连续性。

可是,我们的生命
经常被什么打断,就像火焰
经常熄灭而谈话总是不知道

自己到达了何处,被迫更换话题。
你提醒我,瀑布周围茂密的植被中,
那些山楂、苹果树、艾草和荆棘丛里,
还有一些水正秘密地渗漏——
它们像一些偶然冒出的
白发,无声地,从死的豁口长出。

因　果

十岁那年,爬一棵枣树时,
一只斑斓、带毒刺的毛虫
掉到了左手手背。
我用右手,一巴掌拍死了它,
却拍不死它带来的灼痛。
多年来,手背的皮肤
常常起泡:那只死掉的毛虫
继续以幽灵的形式,粘在手上。
有些梦里它会啃树叶一样
蚕食我的手掌。
我知道,只有等到它
在梦中长大、结茧,化成蝴蝶飞去,
那痛苦才会消亡。

深与浅

又一次,他成功地在讲台上

降下云雾，笼罩群山般的众生。
"那些隐匿的事物，多数时候
不在地下，而是在阴影中。"
——这样的结束语，激起了听众
对阴影的欲望。一些青年
跟随他，忠实的脚步声似乎
是对他演讲的回应。但要听到
更为清澈的回声，必须等到雾气
从山谷中散去。他主动让光
照向他，尽管在众人眼里，
他一直是个谜。有人问他：
"什么时候，你才抵达了
最深刻的状态？是在讲解
那些深奥的哲理时吗？"
他说，那些都不是。
他最深刻的时候，是他
显得浅薄的时候："我的浅薄
深藏在我意识的底层。我只有
向内挖掘得足够深刻，才能
让浅薄显露出来。"

徐阳光

中南政法学院（今中南财经政法大学）公安与行政法系95级行政法专业学生，曾任《中南政法学院报》学生副主编，现供职于湖北省某机关。中学时代开始写作，在《人民日报》《检察日报》《湖北日报》《诗神》《飞天》《萌芽》《中华诗人》《文学月刊》《中华散文》《辽宁青年》等报刊发表作品，著有诗集《阳光灿烂》，作品入选《中国朦胧诗》《中国乡村诗选》《中国校园诗选》《湖北诗歌现场》《名家笔下的散文》《最适合中学生阅读随笔》等选本。

秋　夜

山野空旷如古钟
星空愈发明亮而幽远

秋夜微凉似水
蟋蟀的心跳引发了大地的共鸣

萤火虫若碎钻
为寂静进行着另一种加冕

松木架上紫葡萄人去楼空
飞走的野山雀不知停落在谁的肩头

沉醉在流淌的桂花香气里
　月色是怎么都扶不起的故乡

饮　菊

时间是件公平的器皿
茶到九月自然陈
幸好还有菊花怒放
努力为秋天的孤独续命

历经岁月的锻炼
千年的风霜和数世的烟火
凝结成一瓣瓣心事
等待可能永不降临的温暖唤醒

东篱外。斜阳巷陌。
花正艳。水无香。
萧索的身影早遥不可寻
唯有足音绵延千里不绝

对着虚空举盏
四野沉寂
只有杯中盛开的几朵菊花
稍稍告慰千年前的那次归去

苍耳这个时候没有经历过悲伤

孩子是春日的王
像花草,不经意间
占据了春天的每一次斑斓

春天的铁蹄浩浩荡荡
流水的呜咽隔着厚土
都能敲醒沉睡多年的血脉

只有坚硬的石碑
和沉默的中年相对而坐
岁月的风雨已窃走浮夸的表达

苍耳的触手温润如碧玉
他们这个时候没有经历过悲伤
还不知道如何在春天里埋下坚硬的刺

守护一朵南瓜花

一盏小巧的绒毛灯笼点亮满天星宿
一件黄金的喇叭唤醒沉睡的夜来香
一个碧绿的圆锤锻打出八月的蜜汁

任何事情都如此不易
更何况按时序不间断地完成这些
在乡村守护一朵南瓜花是多么难的事

稗草、蜂蝶和虫蚁
烈日、暴雨甚至飓风
这些天然的破坏者从来不曾放弃密谋
无时无刻都在进行着斩草除根的颠覆

沿着命中注定的轨道
向着成长、开花和成熟出发
谁都无法预知打击和夭折
会有什么时候以什么样的方式降临
瓜熟蒂落的刹那
有些故事会穿透光阴而斑斓不息

几声微瘸的腿的脚步
还有一两声稍显滞阻的咳嗽
翻越过灿烂的南瓜花
从渐渐浓郁的夜色中轻轻传来
已经逝去多年的外公
仿佛一刻都不曾离开过

旧事物

可能是自己也慢慢地旧了
现在常常会着迷于一些旧事物

譬如一只破损的粗陶罐
残缺之处总让人想去雕琢打磨
一小片无法精准解读的鳌甲
斑驳是源于自身还是寓示天机
还有行走千年才刚刚抵达的微光
和一些踪迹全无的人和事
都让我感觉到迷幻和虚无

破旧缘于岁月的冲刷
残存来自内心的坚守
这些褪去光芒的旧事物
隐于尘埃里静默寂寥
那份平淡从容
穿越无尽的时空
一次次把即将熄灭的过往点亮

多年以后再登凤池山

经过多年的淘洗
小小的山峦完全沦陷在城中
尖锐的棱角磨得圆润
高挺的脊梁已然弯曲

凤凰多未见过
天池干涸多年
七月的晚风吹响山中林木
气息神秘如少年当日的奔跑
夜蝉轻吟萤虫若星
万物皆是风雨兼程

曼珠沙华散开在遍野的碎石间
内敛的血红逼真如窗台的盆栽
这么多年仿佛一直都没有开谢过
她们的存在时刻提醒
坚硬的外壳里都隐藏着柔软的内心

山顶一片静谧
满天星辰触手可及
朦胧的月色模糊着脚下的灯光
却无力阻拦扑面而来的烟火

青山容颜依旧
小城静默多年
枕着流泉的声音
凤池山不知不觉已步入中年
就像我和我的人间

说书者

古老的语言围绕古旧的木桌
用时间筑起一座寂寞的场院
颂歌一般的说书声

填补着一段又一段撕裂的岁月

落魄书生注定要遇见如玉美人
满门忠烈终究会等来沉冤昭雪
尘世间种种沟沟壑壑
总要用无伤大雅的方式去抚平

对一代代的说书者
无论是盲人、瘸子还是其他残缺者
都应该保持足够多的尊重
他们无休无止的流动
楔成日常生活稳定的支点

他们不是神秘的智者
也不是生活的预言家
他们只负责制造绝望和重生
他们不过是传递因果和轮回

声音从最高点戛然跌落
故事在关键处强行中断
这些不是说书者的过错

就像正在经历的生活
注定是一场曲终人散的说书
偶然碰撞出的璀璨烟火
不过是流星划过天际
留给世间最后的一丝孤绝

如果没有流水,游鱼该多么孤独

七秒的记忆转瞬即逝
游鱼成为找不到归宿的孤魂

前世与今生已无关联
来路和归途无处可觅

幸好还有流水
无休无止地游走于世间

冰冷融化着鱼儿的寂寞
绵长硬化了鱼儿的坚强

如果没有流水
游鱼该多么孤独

如果没有了你
冗长的人生会是怎样的多余

陈波来

本名陈波,贵州湄潭人,中南政法学院(今中南财经政法大学)法学专业96级专升本成教生,20世纪80年代中期始发诗作和译作,1987年底迁居海南至今,现为执业律师。辍笔十多年后于2014年起重习写诗,作品见于《诗刊》等近百种境内外公开发行的报刊、年选和专集。已出版诗集《碎:1985—1995》《不得碎》《陈波来短诗选(汉英对照)》及散文诗集《山海间》。系第16届全国散文诗笔会代表、鲁迅文学院新时代诗歌高研班学员,曾获第3届海南省南海文艺奖、第39届世界诗人大会(印度)汉语诗歌三等奖、《现代青年》2017年度十佳诗人等。系中国作协会员、海南省文学院首批签约诗人。

降 落

扩音器在说飞机马上降落
昏睡的机舱眨巴着眼睛
大地灯火,像滚出宝匣的珠子
光芒无可收拾,就在俯身前冲之时
我们从暗黑中直坠光明
仿佛一场意外的
投胎与重生,而此际
恰好一阵婴儿的哭声
响彻整架飞机,孤独又清晰

空中花园

她掌管着一把打开云朵的钥匙
这座高塔,为小城环置 360° 的俯瞰
再恢宏的大厦再精致的小楼
不过积木一般,其中
她琐碎的日常和秘密的爱情
甚至无以聚焦,而远山含黛,人如蝼蚁
流落低处的心,需要攀越、上升
……在云端构筑花园
噢,似乎那真的是一座花园
只属于她一人,来时花开满匝
去时众花凋敝,任它众花凋敝

听 到

听到有人磨刀
就会看到枝干折裂、血、伤口
人世趔趄,时间加入哀号

金属撞击,比如枪栓
头脑里储存一把老枪的风暴
蘑菇云,与童话小树林,与不分
青红皂白的荡决和杀戮

最不济,有人咬牙
地球仪代替姓名不详的小鲜肉
满世界都是牙印
谁的心不是
大规模杀伤性武器呐

自 省

转而内视,看见肌肤里的一条
时阻时纾的河流了吧
一些峰峦从心跳中剥离
越来越跌宕,越来越嵯峨。看见
渐失坚硬的骨头了吧
它们在血肉里勉强支撑
百多斤行走的重量与磨损
看见弄坏的脏器
与多舛的命运了吧

一个个与一种,你们与我

我宁愿从不知道何为内视
我宁愿知道也从不如此内视

绿　荷

他要的松弛就是一滴
在绿荷上搁平了的露水
顺滑的内弧,中心
有一个现成的夏日
也有一个略略鼓凸变形的
世界在透明的边缘
他最终所要的,就是
那样的露水不会滚落于地
他的从容是宽绰的绿荷
像过于浩阔的国土
可容他散碎,消减,蒸发
而不用趔趄或越境半步

啊,火焰

原来可以从木头从草茎中
找见你,从黑色的石块从暗淡的
肉体中也可以,甚至
从汩汩东去的大河

落日以渐渐敛却的燃烧,也能
感动并唤醒水中的你
万物皆可隐匿,只要一个神
把闪电引向某个至暗时分
只要一个人愿意
点燃埋于心底的火种,一场
敞亮的狂舞,你就可以看见火焰
如何迎迓而来

啊金色的火焰
我藏好你蓝色的魂魄
回到万物中间

麻　雀

呼啦啦一群就来了
多一只谁也不会在意

呼啦啦一群就走了
少一只谁也不会在意

枝头或地上,麻雀的世间
多一处站位少几粒碎米

谁也不会在意,你恍惚
就是可多可少的那一只

无题,或者雨

一场雨水就足够了,欠下的债
会变得滞重,会在最后压垮一匹骆驼

也把将信将疑的旁观者,拉到玻璃面前
要么看到明澈的下一刻,要么面对

模糊的自己,在无法自我擦拭的
道德天平上,有时候是含糊的筹码

有时候需要哭喊,没天没地的
直到一场雨把那躲藏的根柢拽出来

放　下

黑鹰出现在天边时
她把他放下

草坡一望无际的柔顺
放得下这块石头
不为盘旋其上的巨影所动
也不为一只惊慌的草蝇所动
石头足够坚硬
用来做心肠,不像
用白雪,动不动就化了

她把他放下

一辆货车跑在远处公路上
她脱掉一身沉重的黑披毡

花朵与引擎

为了醒来我特意调校时间
手机很快送上闹钟
春天了我没敢加入花朵们没日没夜的喧闹
街道走到最后就是枝头,一颗
白色安定是对想象过多的人的最大安慰
汽车安于抛弃般的停放,但有的引擎
还在通往明天早晨的路上轰鸣
夜深了我没敢想象那些没大没小的呼应
花朵与引擎,闹钟与白色安定
春天了我还没睡去就念着醒来的事情

过　年

像平时一样,我摸得到
自己的内心,惶恐,羞愧

像孤声突突的船,之于
迷茫的入海口

像特别的一日之于一年
被濯洗的,与难以被濯洗的

春天就在外面,请提醒我
我好放下渔网,和咸腥的双手

惊蛰日

入海口醒了,潮流
暗中召集渔船和鱼群

蚊子突然叮人好狠,它们
从浪花里找到血的滋味

飘在入海口上方的云好快
指尖上的那一点痒,好痒

感 秋

当木器在手中,不复过往的潮热
说明岛上的秋天真的来了
这是一种秘密的传告,一个人需要
用三十年才能谙熟的小窍门
镜子照见的浪花已经模糊
花朵的面孔开始积尘
大海在教导又一颗沉默而驯良的心

鱼群用了落叶的速度,水中的穿梭

再好看也是身形变幻的沉沦
秋天再清凉,也不是从头来过的意味

休渔季

两个月过去,一艘船
没有划过纸上,掖藏的季节
笛声安静,白云有暌违已久的低垂
越来越多的灰鹬沉浸在水影中
一回回破镜重圆似的水影
系于一只初现锈迹的
坠向入海口的锚

他不知疲倦地伸向她的手
摸到肌肤上的尖叫,像马达一样

白　露

这个九月,又会碰上白露
露从今夜白,但入海口只有风
只有貌似撇不清的涟漪
和暗流,和秘密
划行的苍白的手,和落落翅羽
一直被浪舌淫邪追堵。钟声
传得很远,像骑楼里的好名声
那女子坐到现在,她的身影

在斑驳的窗栏、楼梯和墙壁上
巨大而弯曲

像涂在纸上的入海口
只有白浪显出更白的样子

雨　水

海水蓝色不变
大雨三天三夜，天放晴
浑浊的只会是远道奔来的河水
你看到的一片浊流，在入海口弥散
海水仓促后退，闪避，空中一片哗然
但浊流最终消失于蓝色海水
即使那一脉，独自远逸的
那样的浑浊于大海什么都不是

曾经那么多人从山里来到入海口
曾经那么一个走得最远的人
在人群中再没有回来

引发哮喘

溺水一样的窒息感，时时
表明你把海，带在身上
海在你身上粉碎，重新集合，幻变

从你的骨缝与毛孔,海在稀释
它积高多年的含盐度

这是想象过海边生活的人
不,这是真正在海边生活并因致敏性
潮热引发哮喘的人,说得出的体会

……还有咕咕上升的气泡
被撞破的水体发出的闷浊声响
你恍惚,并未带走海的一点点,而是
又坠回海里,溺水一样
的窒息感令人挣扎
这一次,完全不像一只海鸟
冲进天空那样轻松

台 风

台风捶打着入海口
迷蒙一片。呼啸变得尖利
木器或金属的撕扯
被压住——没有真相
连台风都有了好听甚至诗意的名称
比如这一次的:浪卡
我深知入海口的内河
挤满了锁链成排的渔船
它们会撞击、颠荡,惊骇有声
或许还伴有狂乱的狗吠
人的惊叫和哭喊
但这些,人世低微的恐惧与祷告

压根就不会让我听见

入海口清淤

金属的嘶吼响彻入海口
额外一份秋凉,潮水为之低落下去
这是难得的清淤季,是入海口
卸去经年积重与沉疴之时
会有更宽敞的胸怀,抱住更多避风的船
会有更深蓝的海水涌入,带来
更多密如繁星的鱼群。现在我们
听任挖沙船黑黢黢的挖斗粗暴地深入
灯影中如绸缎柔滑的河水
不停绞动的钢索吱吱作响,一股猝然之力
从水下,从我们习以为常的迂缓中
一点点掏出陈腐破旧的河床
现在一阵海风扑面,我们和入海口
同时啊啊地喊出声来

文 博

海南东方人，男，1999年8月于中南政法学院（今中南财经政法大学）法学本科函授毕业，中诗歌学会会员、中国金融作家协会会员、海南省作家协会会员。律师，现居海口，有《椰子树》《铁轨》和《往事》《那座山》《立秋》等100多首诗歌在《诗刊》《星星诗刊》《中国文艺家》《海南日报》《四川日报》《金融时报》《特区文学》《工人日报》《现代青年》《农民日报》《椰城》《金融文坛》《牡丹》等报刊上发表。

一壶茶

蜷缩多年的光芒逐渐蔓延
茶叶变得嫩绿,叶脉渐渐清晰
淡黄的茶汤里藏有浩荡的天空
隐隐约约倒映着茶树
和整个大山的身影

恍惚间,一条石板路
从翠绿的茶园通向山冈
茶道上,我们与今晚最后一缕茶香邂逅
消除了心境隐隐的疼痛

从某种意义上说,它领略了更多的
繁华和苍凉
它品朝露,也品暮色
原来,一壶茶
可以静观人间风雨
可以把分离弥久的心拉得如此亲近

湖

清晨,太阳一上山
就与湖水无数的涟漪相遇
湖面,洒满了跳动的金子

暮色低沉　两只白鹭戏水欢酣
它们对酌黄昏,并彼此凝视

月亮和星星轻轻游弋湖水
亲爱的,置身于这深沉而神秘的傍晚
我们应该坐在湖畔饮酒,写诗
或者纵身一跃,跳入湖中
将灵魂往深远摆渡
我不能慢待这大好的辰光

整个旅途　我都在寻找南山的野菊
寻觅一首关于湖光和山色的诗
把我步步引向深入　跌进寂寞的秘境
起身的瞬间,我忽地听到
鱼儿惬意的阵阵鼾声自湖底升起

水　骨

没有什么比水更坚韧了
有河的岩石作证
当岩石猛地砸向河水
岩石沉入水下的泥土里
水却安然无恙
欢快地怒放朵朵浪花
日复一日地将岩石棱角磨去

有人持着锋利钢刀
使劲地向河流挥去
试图斩断流水
河水叮咚地一阵哄笑
刀刃的企图没有得逞
流水的肌体完好无损流淌

从河水淡定得像一个勇者的神态里
以及从它的笑声中
我聆听到了河水的铿锵
看到了河水铮铮铁骨

清晨的鸟

一阵一阵的鸟鸣声
如一块块金属
砸碎了五更夜的寂静
打破了我安宁的梦境
鱼肚色的夜幕露出了城市的暗影

一群在树枝上跳动的麻雀
似乎不耐烦这近处的栖息
结伴飞向苍茫的空中
仿佛是想追寻回那消逝的鸣啼
一双双翅膀剧烈地晃动
搅乱了晨星孤单的眼睛
这阵阵的清灵啊
叽叽喳喳的，打伤了我
疼得我心灵的呐喊
此起彼伏

老房子

独自蹲在村落中间
安静的神情如一位可敬的老者
旧时光一层一层地
从斑驳的墙壁流淌而出
院落空空荡荡
围墙隅角的老树冠上空
点点星光,在寻觅那曾闪光的萤火虫
步履轻盈,怕惊动这万籁俱寂
屋檐下巢中的燕子轻轻扇动双翅
怕惊扰逝去的岁月
此时,我看到月牙
满载着往事在夜空中游弋

小　河

有时候,心里沦陷在一些莫名其妙的事情中
它们如腐烂的物体
逐渐把我的心湖沼泽化
心情阴暗烦躁
此时,我常想到村边的小河
弯曲狭小的河床
包容了无数的流沙和淤泥
遇到礁石和荆棘
就柔软漫过或绕路前行
一边静静滋润田野
一边流向大海

我羡慕这轻松流畅的状态
多想在我心里烂腐的沼泽地里
开凿出一条潺潺的小河
冲开淤堵在心中的沙泥
无论遇上我喜欢的或不喜欢的事物
都泰然自若
如小河一样坦荡、安静、宽容
又像浪花一样，面对礁石，淡然盛开
任其拍打我起起伏伏的人生
向着目标，不改初衷
不急不缓地流淌

夏　至

一个日渐旺盛的火球
沿着北回归线滚爬到了夏至
大地的体温升到了新高度
万物变得热烈起来
海水溪水被燃烧沸腾
而一些事物产生了龃龉
小麦稻谷叛逆地不向天空伸展
却弯着腰酝酿饱满
果实成熟了，坠在高枝上低头
大地、蛙声、雨水在梦幻中爬行
我的血管被夏至的火焰点燃
谷物花果的香味从指尖外溢
肌体匍匐前行在北回归线上
日子在高调的节气中
从我心上滑过

廖松涛

笔名木行之,中南财经大学(今中南财经政法大学)98级学生。现在北京工作,作品散见于《中国作家》《绿风》《诗选刊》《诗潮》《鸭绿江》《星星》等刊物。著有诗集《漂泊的石头》《美若初见》。创办并主编《北京诗人》。

认　同

我羡慕西风，来去自由
不需要人间的认同

鸟儿展翅高飞，与白云各飞各的
不需要天空的认同

甚至野草，多好，随死随埋
不需要大地的认同

悼金黄的稻束

收完最后一束金黄的稻子
时光收走了一位老人

秋收后的田野，空荡荡的
不需要任何中心思想

她留下几行饱满的诗句，像谷粒
装满了人间的粮仓

石　匠

石匠穷得叮当响，敲石头也叮当响

像是在提醒,他与石头同命相连

石头中藏着秘密,他凭感觉
创造了诸神与万物

这都不是他想要的。他含泪
给人间打造墓碑

葡　萄

葡萄是卵生的,挂在枝头
被夏天孵化了

未来得及孵化的,被偷食
成了鸟雀下的卵

我吃过葡萄,及一切椭圆的果实
常常担心,怀上它们的种

十　渡

每一个渡口,有离别,就有等待
流水从不辜负美意

上游的花儿先开,开多少
下游就飘来多少

那年,你的笑容被流水洗过
我们的世界从此一尘不染

心　跳

撒下种子,浇水施肥
每天辛勤劳作

有的结出了一朵朵小黄花
像灯泡,将人间点亮

有的结出了红红的草莓
让大地有了心跳

一个人的月亮

孤独的时候,喜欢牵着月亮散步
累了,随手把它系在柳梢头

月亮是我散养在天空的宠物
时常落到酒盅里,陪我喝几杯

哪天我走了,朋友们请替我照顾它
有事没事,陪它走走

祁连山

山脉像连绵不断的驼队,驮着皑皑白雪
走进了茫茫大漠

山脚下的阔叶林,像密集的箭镞
拉满了弦,欲射向天空

野花扎起了帐篷,漫山遍野
它们送走了匈奴、霍将军,以及后来的征战者

鱼　疗

把自己当成鱼饵
喂荷塘里的小鱼

盛夏时节,喜欢坐在捣衣石上
双腿伸入荷塘

小鱼咬得痒痒的,荷花正香
荷风吹起波浪

我们相互保持默契
喂养彼此的童年

稻田里的小姑娘

那一年,她比了一下身高
比稻子高点,比稗子矮点

扬花时,稻田里走一遭
身上的稻花香经久不去

脚下泥土在动,她抬起脚
放了泥鳅一条生路

花　开

几朵小花保留了春天的口型
蝴蝶听懂了无声的言语

偶尔雨水,犹如点滴,断断续续
无法医治远去的时光

这一生真快,来不及
散尽一身的香气

江 黎

常用笔名庄公子,湖北仙桃人,平常苦几个钱,业余码几个字。已出版个人新诗集、古诗集、小说集、散文集,从此多了一份累赘。中南财经政法大学2004级新闻系学子。

五月的后山

彼此目睹已经千万遍
它看我多一些,那些绿叶,密密麻麻的眼睛
将在很久很久以后,属于五月的瞳仁才会闭上
坠落成一幅画
看穿我的,以最美的姿态放过我

倾心于鸟鸣,让我的耳朵善于长大
垂至肩了,恰好能听出三万六千种的清音
和三万六千种的静默
傍晚,我知道它们在翻译一朵东来的乌云

多好,所有的雨里都有声音
那是鸟的另一种鸣叫
踩上去,就能踩准最末的音符
都是一些生动的,如凤的,尾翼渐渐覆盖大地

海在变,变灰,变青,变成沉重的铅色
五月的漩涡,我们最大的邻居
一边向远方奔去,发出巨大的叹息
一边攥紧后山的脚踝
把浪涛拉扯得很细,很蓝
直至平静下来,囊括所有的倒影

乡 恨

刨不出一点意义

这片土地刻满了徒劳的掌印与脚印
越来越多的亲人放弃了劳作
曾经吉祥的稻穗　麦子　红椒　卷心菜
被挂上门檐的辉煌
它们的种植被视为不祥

那些位于农耕文明正中心的人们
乡愁乡恨来得格外猛烈
抬头低头　树上田埂遍地都是
山还是高的，水还是低的
唯独土地的平坦，是为了更好地承受践踏

他们的双手突然失去了把握
除了土地，远方的那些虚虚实实没有适合他们的尺码
担心太阳忘记了升起的姿势
担心雨水不再垂直落下
担心作物们从仓库走失
他们被迫从事一种新的身份，不去挨饿
却被卡在了漫长的隧道里

以诗注世

我以诗注解数学、物理、医学，乐此不疲
体会到一个公式的诱惑，在海水蓝成陷阱的时候
每一个省略号都是深渊，你注定无法被风包裹
这严谨的秩序后面，没有任何情绪可言
却都是爱，每个数字正低眉顺眼

当你有理的时候，却能让你死在 0 或者 1 下

幽灵在无穷小处徘徊，那时它趋近生的顶点
而生与死，大与小，完全重叠
就像你看土地时，你看的也是天
你爱我时，爱的也是你

但是，仔细地追究你与我
意念不绝，神圣得不允许任何词汇出现
你无法拥抱1，而你的每个动作都在拥抱它

我们病在太笨，却算计太多
那么多的数字，那么多的人
看上去极端嘈杂，听一听极端静谧
尝试和最简约的0，简约地打打交道
像老子那样自成一体，不发出一点声音
却无穷无尽

湖　徒

只要一面湖足够大，它便拥有信徒
黄昏送来袈裟，那些没有一字的咒语
会在岸边形成，然后奔赴水里或者镜里
无涯里，那里有值得信任的东西

七月，一年的重心已经不太稳
远方的时间缓缓地翘起
看得见嶙峋的模样
而在我这里，日子微微向水面倾斜
干燥的过去是否起火不太重要
所有的凝视、步伐、长叹与歌哭都是沉默的

风的尾巴仿佛从水面拽出
钓翁从来不想掰回自己的身体
快要入夜了,森林与山脉都跪了下来
人们也投向大地

两只鸟各自沧桑,粗糙的嗓音如刀
刮过镜面时
被黑暗里的璀璨染色、包裹
越是没有光,一面湖越没有叛徒

上帝的盆景

有些人活着活着,就成了盆景
那是上帝的意思
神也会选择一些具有天赋的花草
和人事,把他们从世界中挑出来
百般折磨后,变成奇花异草　奇人异事
供在自己案前
这人间罕有的姿态,越剪越美

乔老头有着九十度的腰
他献出了半个身高的天空
天空的居所当然要还给神
他不再看云,不留恋那种种清澈
尚有眼睛,专注于一些浑浊的东西
他只是被大地牵引
清扫铁棍纸片农村的垃圾

他早把下半身献给了大地
为了感谢这一份收容
那就反馈一点什么,比如洁净
比如日复一日越来越亲近

他吐出一口烟圈
以一种风景的自觉　献出了全部的自己
或曲折　或盲　或聋　或咳嗽
或危机重重的矫健　突然的俯仰之间
不管被谁盯住,被谁测量
是天的都已属于天
是地的也会属于地

透过门缝

她躺在椅子上,日子不再方方正正
她觑着眼,斜视这个世界
替那些人那些物剔去光芒
再盖上一部分黑暗　别有韵味

不要费力睁开眼睛　去看那些多余的东西
也不用听,耳朵正好背转过去
她觉得,老去是一种艺术
比较适合被充满褶皱的四肢举起
更适合挂在正厅的墙上　与这个世界和高手遥相呼应

她八十九岁,背如深弓
她以一种压缩的方式萃取着什么
弯月会懂,老灶台上翻煎了一生的锅铲也懂

可惜圆月不懂,可惜那青春的年华不懂
她白发苍苍,她不介意这一头璀璨的光泄露她的秘密

她爬起来,又一次行使她的权利——从门缝里看出去
世界很小,万物都具有弹性
她说,这样不待他们死去,就能看到他们层层叠叠的灵魂

我住长江边

我想知道一条大河的走向与身体状况
无人回答
几个月的寂静,这条河慢慢移到我身上
从我心脏出发
它穿不过我的腿骨,小腿缺血而麻木
呼吸沉重,抬高胸腔的时候,几能探底
我的底部和大河的底部
薄脆不堪

我能承受一年年的重吗
大河能承受从未有过的轻吗
河床上那些不能示人的秘密
伪装成伤口,暴露杀菌或者填埋处理

我的眼睛不再是水源
那里有山火一天天闪过
我的名字里,水分在蒸发,干燥成
工,禾,勺,人
多么农耕的残余
大河逐渐残疾,去路不明

迟来的每一滴雨都是幻象
映照出一声声的可，可，可
多么现代的回音

要有雪

房里有炉，窗外有雪
我有被子，想裹一包童话世界
滚三天睡三夜
炉里有薯，雪里有雀
我有盐巴，想调一杯琉璃世界
无香无色　又咸又热
薯丝一一，雀印个个
我有筷子，想吃一碗艺术世界
该横时斜　该抛时撇

汪少乾

湖北赤壁人，中南财经政法大学新闻与文化传播学院中文系2013级本科毕业生，目前在广东生活、工作。

婺源行

迈过高高的门槛
一脚踏入从前的旧时光
镰刀，扁担，晒谷席，做木工的刨子
剥落的竹篾沾上了灰，光阴流转
孩子气的我一路跟着外公
从泥泞的田间小路到晒谷的场上
刨花点燃了土灶间的烟火
令人魂牵梦萦的日子，不会再有了
它的名字叫童年

青灰色的砖瓦、旧式门楣
再次踏入了另一个时空
承接无根水的天井水缸、福字地砖，还有
昏暗窄小的小姐闺房、物件陈设
也许曾经的主人怀着对人世间最好的期盼
诗书传家、相夫教子，以及
把先祖的姓氏和荣光一代代传下去
而今，正堂上的画褪去了颜色
看风景的人
最终也成了风景

工 作

这是最简单
也是最难的事情
输入，回车，

输入，删除……
一遍又一遍的重复

这是某人的日常
也是某人经历的全部
一年，两年
五年，十年……
日复一日的机械运作

牛奶和面包有了
房子和车子正在建设中
孩子歪坐在沙发上看《小猪佩奇》
"知足常乐"的标语斜挂在墙上
转了一圈还少了些什么

"叮，叮，叮……"
伸出手按住，睁眼
该死的新的一天又开始了
今天，刚好星期二

或　许

或许
从来没有好好爱过
一个人
生活的单程票

三十
不上也不下的人

逃避家庭
工作的琐碎

刚好
一场宴会的喧嚣
催生了一笔
新谈资

青　鸟

昨夜，一个思念故人的晚上
月光照进了睡梦里的深谷

重逢是一场自惭形秽的落寞
有人躲起来低声哭泣

悸动的年岁已经过去
眉眼间落下了甜蜜的回忆

通信发达的年代却不知所措
微信里只剩那个陌生又熟悉的名字

我祈祷一只青鸟来临
把藏在心底的话传到远方

屋顶的歌声

一只鸟儿从我的屋顶上飞过
留下了一支清晨小调
我想,那大概是
一只迷路的黄莺儿

树叶在微风中回旋
就像昨夜绽放的昙花
在饱含期待中
匆匆地归于泥土

歌声渐渐渺茫
它飞走了
留下一个我
在窗前,傻傻地等它回来

追海者

一只船儿搁浅在沙滩上
腐烂的船板在倾诉

一群孩子嬉闹着经过
杂乱的脚步串连着

一只海鸥打破了今日平静
时间逗留了片刻

一个老者正静默注视着眼前
年少的身影在摇曳

浪花追去了很远的地方
从此梦里只剩湛蓝

远航的船儿终究靠了港
脸上的风霜，是不朽的——勋章

我的小风筝

小小的风筝摇摇晃晃地飞走了
妈妈说它去了很远的地方
不知道远方在哪儿
我很想找回我的小风筝

长大后离开了这座小小的城
夕阳下奔跑的孩子欢笑着
去追寻属于他的青春
从此，故里成了心底的远方

如今，走在这南国的土地上
多少人辛辛苦苦地活着
曾想一身华服
在最晴朗的日子归去
可我，却还要不停地忙碌工作

有人问
最陌生又熟悉的地方是哪里

我说，在故里
有人看见我的小风筝
正遗落在故里的小山坡上

日　落

铅笔落在山头
遗忘了黄昏的刻画

几个字东倒西歪
喝醉了一样趴在纸上

宣纸丢进篓子
又一次重复的动作

远处云彩红了
钟表还在嘀嗒转动

忽然想起
灶台上的米饭已经熟透了

五色碑

轻轻地，右手摸着那残了一角的石碑
怜悯、思念、陌生，那一丝期许
在静默的注视中消散、叹息、沉睡了

北山坡里堆积着我的亲人，
曾祖父、祖父、祖母，也许再过个若干年
我的骸骨也会葬在这里，延续
一个生命的凋谢，意味着一颗星的升起
周而复始，我只是完成了一件作品
山林间藏着春的呼唤、夏的蝉意，甚至
连接母亲的子宫、婴孩的手指
时间
河流

如果有一天我离去了
请给我立一块小小的石碑，然后涂上：
天空的蓝、大地的绿、热血的红、忏悔的紫
还有生来就无罪的白
记住一定不要刻上我的名字
小小的色彩，
是我唯一的墓志铭

自　由

一缕新鲜的阳光闯进了屋子
巡视眼前的陌生
也打量着角落唯一的活物
他用手探了探眼前的光亮
一点，一点地靠近
再靠近
墙外，孩子的叫喊声那般清脆
看着窗口的瞬间
萌生出了渴望

白色情人

时光不会老去
暮色掩盖昨日的青春
等待一个夏天
一刹那的芳华满地

鱼儿没有眼泪
江面泛起了一圈秋意
盛满酒杯，问你
等一株盛开的冬梅

花开了
悸动的一瞬
为你
唱一首歌

童　话

桥边的柳枝发了芽
两只黄鹂正在绣架上歌唱

泉水无声地流过青石板
一张白卷沾染了满室的茶香

巫山脚下的风掠过江面
一只小船儿滑向了历史的江海

凤凰栖息在梧桐枝上
北方的深渊传来鲲鱼的声音

时间忘记了，诗人在等待
一株夜来香的盛开

刘兰珍

中南财经政法大学新闻与文化传播学院教师,先后毕业于武汉大学外语系德语专业及新闻传播学院。

过海子山

一路上　那些
被几十万或许几百万年时光
剥去坚硬外壳
形体不断消散的山
海子山遍地的乱石
都是我们眼前鲜活的
沧海桑田

一些山　正在静静地瓦解
另外的山
还在新鲜成长
所有的生命形式
此起彼伏
都将归于沉寂
方生方死　方死方生
还有什么值得执着
还有什么
不值得珍惜

白头之下——仰望央迈勇雪山

雪峰
就在眼前伫立
阳光映照着它
白雪覆盖的山顶
蓝天之下

银光闪烁
神秘而坦荡
因为那白头之下
寸草不生
此时　已忘言
为这一眼即永生的美丽
为走过的山河大地
让我不虚此生

魔鬼城日落

总觉得
在这四季多风之地
如果有魔鬼
魔鬼也是孤独　荒凉的
但突然
有了这场盛大的日落
那些亿万年风吹雨蚀
沉默坚硬的土丘
瞬间有了无尽的
生命和魅力
看来　只要有太阳
东升和西沉
这世界　就不至于
太荒凉

像大熊猫一样活着

13点　我们汗流浃背
紧贴着厚玻璃　观看
大熊猫们午休
睡姿显示着它们的
随心所欲
它们　活着就是价值和意义
所以　它们
吃竹子　胡萝卜和蜂蜜
打滚打架卖萌
都有意义　都被喜爱
而我等普罗大众
常被提醒　要赋予
生命以价值和意义

淋湿杜工部的，是冰冷的秋雨

不同于前几次拜访
这一次
成都下起了不小的秋雨
这雨
下得符合我的想象

到草堂
我希望不是锦水春风
不是春夜喜雨
这样飘洒的秋风冷雨

才与草堂相配
才能诠释杜工部
被人间困苦浸泡
却不改悲悯的
伟大诗心

天　路

从成都平原到青藏高原
318　216……
这些道路
热闹到拥堵
却也时常孤独到
如遗世独立
从一道山脊翻到另一座山头
在大地和云端之间

穿行　绵延不止
感觉自己　那么高大
又那么渺小
在路上
所有的路
和天上连绵的白云一样
不知起点　不知终点

想来
如果相信业力
人生也是如此循环往复的吧
只是　会以另外的形式

另外的面目
与你相遇

七夕，被遮蔽的英仙座流星雨

阴雨之后
厚重的夜幕
遮挡了
英仙座流星雨
从这片天空划过的
明亮闪烁

仿佛　老天爷
总在恰当的时候
表现他的仁慈与体谅
让幸福或孤独的人
有相同的遗憾
那些无从说起的心情
也不过是　八月里
又一场被错过的
流星雨

盛 艳

诗学学者,译者。现执教于中南财经政法大学。

白　鸟

荷花玉兰的枝条低垂。一簇
泛光的椭圆叶片下
停着一辆铁灰色家用汽车。

白鸟张开翅膀
从斜晖中飞来

潜入碧绿的柔光
晃动一片片金色的圆影
它回到自己的家

风闪过

风闪过湖面,地平线尽头
灰白的路,来来去去的玩具车
把夕阳驮来了

蒿草里的红嘴鸟巢,吱嘎吱嘎
曾在银光闪跳的湖心摇橹
靠着金色的帆,手指划过水面

湖面腾荡着稀疏的花,吐蕊的洁白
被涟漪推向未知的奥义,山与人
静默着,光滴落到纱裙上
好似记忆里重叠的人脸

找瓶子，戴口罩，
坐在乌漆嘛黑的路口，
孤独地咀嚼干粮

入站口举着指路牌
揣着身份证
绕弯弯曲曲的路

汉江水缱绻地在某处，
转了一个圈，
他们怎么开始
就怎么结束

秀丽的脸庞逐渐被
另一张覆盖；一夜鱼龙舞后
一个人，顺着庭院的小路捡拾
寒夜的花钿，江心微微泛红

绿　网

夏风吹来一颗金月亮挂在红色运动场
绿色围栏的网格上。从方格的小窗
看夜晚的薄云；或牵着手在格子间的门前遇见、
等着遇见，一只狗一只鸟
一个素不相识的陌生人

歪脖树下，缺角井盖方方正正
曲折上苔藓。找一只绿翅膀蚱蜢一朵淡蓝花瓣打碗碗花
一块亮黑火山石或一株种子成熟的虞美人

它长成罂粟的模样

随意划一个方格你就造一座房子
堆积弯曲的山路高原的湖水北方四点半日出的野海滩
堆积泳池旁的莲雾树，树上挂满粉绒毛线玩具熊
桃木衣柜的门缝飘出一顶顶粉的蓝的花边帽还有一双小手套

它的主人用注视朋友的神情注视一棵宝塔形状的树
它隐藏在一座学校的中心那里有一座袖珍的城堡
一些彩色的绿色的黄色的合影散落在文件夹的角落
隐藏了具体日期下的晴朗与阵雨，表情逐渐模糊

因内存过大而忘记台上无足轻重的吟唱
那些声音被风刮来刮去悬挂在绿色的网上

巢

我母亲有辆26寸"凤凰"牌自行车
龙头弯上淡蓝的天
像卧在穹顶的上弦月

我母亲有件荧光衬衣
挂在墙壁的挂历钩上
秃铅笔拴在泳装模特的波浪里

麦芽糖搅在炼乳里
真蜂蜜填满假蜂蜜的方瓶
析出黄色的晶体

绿圆瓷坛是鸟中之王,
揭开鸟喙缺损的盖,
细小颗粒的白砂糖
淹没白瓷调羹。

小学旁有座山,林中有路
山间的云从废弃的防空洞
倏地移出,豆荚里的豌豆
噼里啪啦下了场竹林的青雨

葡萄架在闪电中长出藤蔓
水箱上攀缘的孩子望到
远处小白花弥漫的橘园
长江淌过生锈的塔吊向东流

遥远的月光掀开百叶窗
溜下床,光脚丫凝视着壁上的闪烁
衬衣上逃出一颗颗金绿色的星星
织成模糊的铁金色火焰的巢

看云去
——赠 EG

曾计划去旅行,将洗漱、穿风衣、选餐厅
冒雨买药打包,塞进皮箱。方方正正记录在
记事簿第一页。湛蓝、风车轱辘、紫色的花儿
白色的城堡,像每张封面上都有的景物。

左上角三角形的白帆,即将驶进故事的开头
孟浩然曾有一叶孤帆,李白见过。李白
也有,汪伦唱着美声,跳着踢踏舞,
朝他撒着桃花瓣。我觉得吧,杜甫也应该有。

公元 763 年春,他的妻子和孩子们
在途中计划一场旅行。两年后,
仍未到达,五十岁的杜甫
乘舟东下,星垂平野阔,月涌大江
流入一千一百二十四年后凡·高的星空。

11 月 24 日,太阳经过黄道第九宫
我说"要看云去,看云去,看云去"
淡墨色的布帛遮住高楼的楼顶
暴雨中,我们要看云去
握紧方向盘,"突突"往前开

我们有一叶帆,我们蹚过一条河
那河里淌着星光,在那儿
丢失了一顶淡蓝色的帽子
我们的白帆即将驶进备忘录

素　描

严肃的女门卫从蓝顶的亭子探出
望向枝头四月洁白的槐花
一连串的方言在清明的雨水中落下

梧桐、香樟曼妙地勾勒出哥特式尖顶

和拜占庭的穹窿。林荫路的尽头
有座晃动的山。晚八点,路灯点燃十字路口
老妪端坐一树金光,整理一天的步履

纸盒被月光压成一张扁平
上一年冬天的事,被白玫瑰
和金蜡菊环绕,也被压扁——
被刻上一块夕阳下的石碑。

失踪在垃圾箱的信,
捏在汗津津手心的纸条
一张没有肖像的素描

圆　木

暮色是有形状的
圆形的像锅盖一样
下午,第一波孩子涌出小学
冬天就有了颜色

夏天的时候,我和你
骑电动车追夕阳
梧桐的种子扑进眼里

立在桥上,揉眼睛
看火红的圆球
燃烧着落入黝黑的树林

知了闹哄哄的,荷花漫出池塘

伸手摇它的茎，莲蓬是空的
黑洞洞的，有人取走它的饱满

夏天的时候怕什么呢
取走了还有一茬一茬的花

除非在深秋，一阵夜风刮起
它就黄萎成一塘皱褶
太阳直直地掉进去。

没嫁接过的法国梧桐被挖走
大地落了牙齿了

修　剪

珞喻路 1037 号的乔木
被修剪、移植、砍伐

深秋干燥的土壤
陈列了松柏、枫香、桂枝

原来那株寂寂无闻的柏树
也有黝绿的发
枫香树高得快长出了翅膀
明年秋天，桂树的枝条
就能触碰三楼老头客厅的窗

——砍伐是突如其来的幸运

它不会像楼后荒草径上高大的枇杷
热爱开垦红薯地的老头
拿着水壶,站在三楼的阳台
从根部灌入滚烫的开水

他叼着一根黄鹤楼,用方言嘟哝
"这棵树,挡住我屋头的光了。"

就这样宣判了一棵乔木死刑。

九月十一日林间听摇空竹兼赠垂髫小儿

早晨九点多,树林的空地
几个小徐娘练习摇空竹

绳索牵拉轴承
甩起一只雾蓝,掉下
一抹烟黄。一星翠绿牢牢地
被教练的绳索擒拿

他口吐许多金句
"基础练不好没法进步"
"学了后面忘了前面"
"兴趣是万物之灵"

石凳石桌,仿佛置身宋朝,
不知为何是此朝
唐朝是碗油泼辣子,
辣椒什么时候从西域传来?

唐朝人吃胡饼。我手拎两只
豆沙包。鸟声窸窣，
隐没成轴承微弱的嗡嗡声
垂髫小娘子合目静听

这几日读《庄子》
每日犹疑不知是真是梦
此刻，定是南柯，亮白的马路对面
单檐四角攒尖顶的荷花亭
消失得无影无踪

甘　霖

绿棚顶后来被拆掉
钢筋铁骨的菜市场
暂时"枯萎而进入真理"

日晷转动，女人
从距摊位十一点的门走出
经过一点的锁铺，偶尔也修表；
斜对面九点的裁缝铺，
偶尔也配钥匙

金属刺啦着鼓膜，她漫然对蔬菜
施法，干瘪的塑料瓶中洒出
丝线的甘霖。

摞整齐的莜麦菜翠绿得像翠绿本身

莎士比亚曾训导"慈悲不是出于勉强,
它是像甘霖一样从天上降下尘世"
母亲的格言也持久地影响我
"洒过水的蔬菜炒不烂"

她卖过月亮升起时的圆枣
冬日麻雀飞起的糯糍粑,
她梳团髻,腰肢灵活
夏日曾插在她瓶中,荷花粉的
番茄堆得冒尖

后来她卖干莲米,白番薯
卖阴沉的黄色块茎植物
杂乱的鸡毛菜
剪五号头,挽起花衬衣的袖口

来往的人穿蓝跑鞋、橙短裤,各式防晒衣
有一件黑色透明的——奔跑的溜冰鞋,
轮廓分明的花骨朵——熙熙攘攘
喧腾着保留颜色
以失去爆炒后的清脆

云　聚

句子板着脸,词语立在熟悉的标点旁
摆出一副畏惧改变的架势
它也许会有所不同,胶原蛋白的流失带来
吊梢眉温和地垂下。唐朝女人骑在马上

剃光眉毛，臂环勒紧垂下的肉身
素面朝天，天外有天，空中一片墨蓝
莫兰迪色系的云聚在一起开会
下班的人驾着银色的帆船，划向摩天楼外的
暴风之海。墨色的海浪中
一位老人席地而坐，仰头痛饮杯中岁月。

金色的空洞中开，他隐没在
兆富大厦的尖顶中。LED 屏幕晃出绿色的琼浆
又被一些金灿灿的链条取代，美人从云层深处
伸出手，回眸一笑，明晃晃的酒杯就撞到一起

喇叭声从身后传来，松开刹车缓缓前行
绿灯匆忙叠闪出迷梦般的黄色
时间在此时此地格外慢，像婴儿呜啼的一刻
又倏忽地快，哦，已历经漫长的一生

云在高架桥的尽头洒下一些甘霖
噼啪敲打着车窗，巨大的亮色的墨染
热情地在天空摧枯拉朽
闪过一株松树，它高而萧然地
舞动，那么脆弱地站立在街角

过　街

FM92.7 黏合车流缝隙
过街人群划出
不远处十字路口的弧切线
购物中心矗立

马赛克镶嵌巨型 LED 屏幕，
这红灯燃亮时的流动影院
海澜之家、海蓝之谜、海边保守的比基尼
呵，在海边

用红铲子挖沙，打下四枚帐篷钉，
蓝泳帽和阔沿帽们互相涂抹防晒霜，
海浪太白导致镜片脆裂
日光晃动，电子幕上涌出一串串
鲜红圆环，这条街通往靶场

幕布和街上同时涌出人群
石牌岭天桥上的幢影正对
车流，单手举起手机
方向盘前的人心有灵犀
举起 V 形手势

没空描眉画眼的母亲
漂红的嘴唇藏在蓝色口罩下
扎起卷发转动电动车把手
后座的蓝色书包很久之前就不再买的氢气球
在屏幕上纷纷升起

1 月 8 日路遇广告牌

湖和山的十字架
正午 12 点，血红斗兽的眼，
大小脚印，横线上

去来来去，洄游此地

远方，隐秘的市集消失了，连同
卖炒货棉花糖的，卤鸡脚鸭脖
鸡胗猪尾巴的，偏着头吐口水
抿线，穿过针眼，一秒钟的停滞
窥视小孔成像中颠倒的生活——

楼上超级市场的外墙上巨幅
晃动的画，肆无忌惮地
规范消费观点，城市里有
一颗颗挂得高高的
密密麻麻的眼。

张果老的酒壶浇灌不出
"更好的时代，值得更好的你"
梦渐变成单一的大海的蓝，
酩酊的你才配穿行在这
霓虹遍野的世界

金币哗啦啦砸在玻璃柜台上
短跑冠军俯身起跑，食指滑动的瞬间
他换了装束，手握 XM12 微笑着望着对面
楼顶的水箱，"快，更稳"好似潜行的剑客
一个鹞子，对黄昏亮出银灰的寒光凛冽的刀

比赛开始。暮霭的街道长出圆柱形的隧道
圆环、斧头、蓝白的扇形、方格、帽子
旋转着消匿在洞穴尽头，远古刮来的野地风，
卷着尘埃，屏幕上一片深红，雪色的冠冕升起
"愿你成为一个精神饱满的谦谦君子"后面追赶着
轰鸣的引擎，跳跃着不断闪变的电子符号

阿 毛

毕业于中南财经大学（今中南财经政法大学）。做过宣传干事、文学编辑，2003年转为专业创作。中国作家协会会员，武汉市文联专业作家，一级作家。主要作品有诗集《我的时光俪歌》《变奏》《阿毛诗选》（汉英对照），散文集《影像的火车》《石头的激情》《苹果的法则》，中短篇小说集《杯上的苹果》，长篇小说《谁带我回家》《在爱中永生》，阿毛文集（四卷本：阿毛诗选《玻璃器皿》《看这里》、散文选《镜在风中》、中短篇小说选《女人像波浪》）等。作品入选多种文集、年鉴及读本。曾获多项诗歌奖。部分作品被翻译成多种文字。

在良友红坊听茶

中午之后
花草亭漏雨的花
站着几个锡色人
对街坐着的石雕
看着裸着锈身的骑车人

铜艺淑女屋的赏月
车载音乐
看着文创房的涂鸦
"你的非主流女孩飞行!"

今午之后
特殊时期的哲学与茶室
盛行

你有你的名利场
我有我的陶渊明——
南山、竹篱、菊花

花朝河湾群雕的议事

一群在花朝河湾聊天的雕塑
和桌上石质糍粑、地面蓝色婆婆纳
明白——

流水并不以

叮咚作响的配饰
取悦两岸
或顾影自怜或隔岸观火的你

尽管躬耕
尽管凿石

云果腹
与
实题名

皆为浮云

我盯着
饮花露吃花瓣的
鸟

飞过橄榄树林

去解救
朋友圈的刷屏、航班
和远方战区的烟幕

孤独屋

碎石、沙粒、树木
茫茫的水域
是地基也是邻居
轻柔的面料与微风

是屋旗也是远亲

我站立的湖边
没有船只
有审美的直播:
"最孤独的小屋,
优美地高于湖面,
傲立于波浪的掌声之中!"
"我已经找不到
极限词来形容它了。"

"拍客派出的无人机,
有没有惊动你发呆的头颅?"

我绕过喧闹的人
在僻静的一角
远远地望着你

等人群散尽
我将托一只鸽子
捎去你此岸的足迹

螃蟹山听雨,和首饰直播

没有渔民和火枪手的湖中小岛
祥和安宁

鱼儿多次跳出水面
水鹭和雨燕欢唱

而野兔多次路过并张望我的天幕
雨水唰唰落下

不是摩托是滚雷
在远方的湖面
不是无人机的嗡嗡声
是敲打树桩

而天幕之下
躺椅中的寂静
送来抖音直播：
"七七的半旧情怀啊，
我是鲁班的姐姐呀！"

你不能招停坐上路由器的
快递火箭
无法截流首饰工具
只能用指甲和蛮力
修理蜻蜓点水的耳饰
与行走的胸针

"辰今天怎么了，一直在煽情。
美人制造的
极限词和虎狼之词
比如，她称一款中古项链为
'法海你不懂爱'！

满镶的宝石，或半宝石
使用的鱼钩扣
或 OT 扣
石头路、坦克链条
但这是方向盘！"

乌纱的流苏
暗示官职的大小
但你是闲士

头痛欲裂
主妇啊,你的耳饰有门帘的摇曳!

现实主义的沙滩

麦片、牛奶、鸡蛋早餐
之后的
沙滩漫步
与快走

卷着风衣
或运动套装
或光膀子与赤脚的亲肤气流

却步于水天相接处的地平线、自由飞翔

而埋身于沙滩上的午后
有蟹类背负的诗与天空

海鲜前的傍晚
有浴水探道与激越冲浪

人群
面朝大海

投身大海
其实是吹风、避暑、击浪

大海研究者收集的海螺
多于下沉的海锚

喜食海鲜者以为的
北方重口味烤蛤蜊
与生蚝
其实是清蒸

海滨城市客厅

靠着大楼和高山的围墙
面向大海的广场
草坪、沙滩的地毯、地板上
立着太阳伞、帐篷、书馆、人群

一道道起伏的波浪门
推涌着戏水者

挖沙的寻着地下藏
冲浪的接着云中寄

他背靠标牌接打电话
她面朝大海反复摆拍

他们冲进海里屏蔽鼎沸人声和滚滚热浪
她们兴奋地

爆出了一连串极限词

大数据圈定的附近的人
在无限大的客厅里
也在无限小的手机里

我携带着有形的脚印
隐身的数据
拜访你

在高原

云上、记忆中的马鞭草
和苍鹰驮着的
彩云与雨点
罩着你高反的
青筋与棉絮

致敬的人
纷纷乘高铁或航班
前往高原
脚趾丈量的未来感
在好佑德的青稞酒香里

酒罐、酒杯
伴着发酵的醉意
我或许应该回首、再见
许一个没有高反的未来

听有故事的人
用飞机的速度
讲一火车的话

而我在高原伫听
杨桃延期的口琴声
玻璃窗外
树叶烤着耳语
我多想移步青云
剪去海拔 3000 米的差距
这样，我在异地
也是在此地
爱，绵延不尽

中老年的中秋月

戴着海星、比基尼 AB 款耳饰
星星炒鸡蛋款项链
的游子
抖音直播天涯共此时

我在老家的露台
和童年的伙伴喝茶、叙旧

那个拿弹弓或鸟箭
射月亮的孩子
此刻颤抖着双手——
　"河湖中、水缸里
　都有亮闪闪的月饼！"

"星星就是嘴角掉下的月饼屑。"

圆月啊,
我从不曾写出颂你的诗句!

一直只有绵绵不绝的愁思
和童谣

"月亮走,我也走!"

牛尾、帐篷与月亮

向远方的高速路
并行着绿色的
铁蜈蚣

轰鸣伴着轰鸣

牛尾
从江河到湖海
携带的帐篷
依次顶过
上弦月、满月、下弦月

此刻是粉红的
栾树梢
接过蓝色的风筝

牛甩出牛尾

取下口罩的人
长叹一声
朋友圈
心律不齐
阴晴圆缺

呜嘟忆

呜嘟的哨口
吹出风声1 风声2……
风声10

背靠墙面的人
画出耕牛和泥塑
的和音

我翻开
故乡、童年的
柳笛
纸飞机
绘本馆
自然课
军火库
……
的影像派对

夜的气味、泡沫

携带
你要抓的
肥皂泡或萤火虫
吹起的
牧童玩具
土制乐器
模拟了
嘉鱼的形状
在鸣嘟的直播间
扮成瞩目的耳饰

你看
主观的鸣嘟
星月神话里的花戒
和替我按跳痛的太阳穴
的指尖
多么哀怨

秋天，吉兆胡同
冰雹的名利场
和闪电的检测点
将半夜直播的人
又逼回出租屋

"这人类最初始的声音
只是把你带回过去！"

你逗留的玩美部落
移除了小白杨
引入了散尾葵
然后
在直播公屏上

置入超管

呜——呜——呜
无人传承非遗者的吹奏乐

湖边露营夜记

酷爱影像记的人
一路修图
用美颜术
防腐木
经最美公路
到露营地

湖水、星月
篝火、音乐
摩托、越野
查码人、巡夜车
……掉在沙滩上的
香水小样
和湖面跳动的小鱼
一起闪光

童音追着
夜歌中的孤勇者
破旧布偶、面具和怪兽
挑战父辈的悲怆晚风
与斑驳旧梦

露天投影的战事
在遥远的北方
也在近处的相爱的
父子母女之间

夜鸟攀飞
弦月投照湖面的光柱
和对岸的大面积烟火

……但终究是倦了!
终归是稚嫩的童言
还不能传达孤勇!

但可以围着篝火歌舞
可以在树林里
捕捉闪烁的萤火

得以永生的江汉路步行街

项链的
西红柿炒鸡蛋
配以
橘子汽水
大芬达的耳饰
浅棕色头发上
芭比粉的蕾丝花朵
与蝴蝶结

冷暖两色对冲款式

吊带裙

把玲珑狗放入荧光绿的通勤包里
面无表情地
趿着声音清亮的人字拖

当你们在江汉路步行街
碰到一位如上打扮的卡哇伊女孩
请送她一件
保暖的风衣

"秋天来了,
入手毛衣链已经是一件急不可待的事情了!"

她路过的主播
声音恳切
而这个酷爱过
很多首饰的女孩
再无其他季节
其他饰品

"她这么炽烈而无感的悲伤　是没有了场控!"

在愧山石驳岸观长江

靠着退流后的石驳岸行走
有接近悬崖的惊险
和神殿的肃穆

面向江流的旅行箱开口
朝向
上溯的货轮
靠岸的漂流木
东流的浮萍

嗡嗡的无人机
航拍人群、货轮与江流

或许
它可以替我去江心洲
寻找一群三十多年的青春与雕塑

面向江心洲的思者
与对着江流刷手机的人群
有着不一样的
角度
光线
与背景人群

而自拍者
在古风和二次元之间
是夹生的当代
和孤独的垂钓者

飞鸟屋

明明是干季后的裸露河床
你配成惜别的海岸

星光岛上野事空间的烤螃蟹
曾经背负的诗
经过木栈道上的鱼类博物馆
到飞鸟屋
由多少级台阶登高
看萧索的芦苇与长江之远

心底的猫邀请风
来跟随你的持续性飞翔
树梢上站立的戴胜鸟
看着岸边孤寂的小屋
和蹑脚仰首的白鹭

我们放飞的鸟
一定比风多
多于子弹穿叶
多于璀璨之光
多于模糊之光
多于柔弱的风物
与冰冷的铁器
　"你们怀念的是他
还是他带走的那个时代？"

不是烤螃蟹
是飞鸟背负的天问

画自己

我一早醒来

找昨夜的梦
和更远的自己
这是习惯
也是寻找连续性
以证明这个新我
同时是此刻之前的那个旧我

很遗憾哪一个都没有惊喜
只有连绵的忐忑与悲伤
我不是喜欢怀旧
我只是喜欢记录
以前勇于打探照灯
现在只是手执追光灯
看皱纹的旁白
"这一路都很辛苦！"

你给你讲故事
而你只是感激那个见过异象的自己
"你看，那颗星就是昨天的自己！"
而你只能仰望你
花一个星际旅程
你也摸不到你

但你有纸和笔
你可以画下你

有理想

我听的不是播报的高音喇叭

而是豆架上的紫色牵牛花

我许愿时背靠的竹篱笆
成为奔跑的栅栏
和途中惊飞的群鸟
在地平线的尽头
幻成彩虹桥

"你看，炫色的丝带
飘得那么高那么远！"

绳索太细
我的追程就是走钢丝
小心而刺激

我已计划好
用飞的
保持平衡
过柠檬黄的树林
达宝石蓝的海岸

不以闪电的速度
而以镭射的节奏
有理想的人自带翅膀
管它是不是镀金工艺
管它是不是亮瞎太阳的眼睛

悲怆曲

是冬雨是语言的软刺

通勤款和书本款
粉红色、深灰色
的交替展示

波波点点的造型
孔雀开屏

奥斯卡的
赛璐珞白玉兰
海蒂道斯绿松石螃蟹
也安慰不了
一颗日渐忧郁的心

眼睛疼
看不清你脖子上的
拜占庭
和指纹

无力过滤雾霾、暮色
和悲伤的重量
也不能隐去敲击耳鼓的乡愁与扩音器

失去氧气管的潜水员、水母、
美人鱼

看见你
冷雨中的身影

悲怆如狮身人面

客厅的跑步运动

隔离的客厅
是旅途　道场　或千里江山
乌有之乡

或者　有例外
你想见的天才　天使
驱走的庸才　恶魔——
可他们有千变万化的
模样

神勇打败懦弱
冬天也有好阳光

隔着玻璃
或厚窗帘
醒来——

是在上午的明媚阳光中
而非隔离的幽暗寂静里
看到窗框上的蝉蜕
而非地上的蛇皮

我们储存的向日葵
与生之勇气
和着客厅里的跑步运动

"一二三……"

幸福伤感素

又一次因食饼干上火后
我远离了饼干和糖——
告别清单里
糖作了陪伴

可我又一次因花过敏后
却不能远离
更不能删减
任由它们从花园里
跑到诗里画里

我想说
删减项中减不了
幸福伤感素

必须等
等
还在路上的凤凰
尽管不是金凤凰
火凤凰
但却是奶奶灰
或太空色

的悲怆
海盗

泪水症里
一处三十七年的坟碑
还在长

记得我

童年的自己
喜爱在一条小路上奔跑

喜爱抓知了
数星星
听呼喊也听回声

那时候还不知有多宇宙
有复调形式
有量子纠缠

不明晰追获光斑与花影时
消失的旧途与模糊的前程

喜爱采集金铃子
收留的蓝色风、绿雨滴
牵牛花
……

转瞬即逝的笑容
与突然而至的眼泪

童年记得我
但我尚不知

每一种人世
都有不可言明的前世
与意味深长的结尾

在阳台上

不出门的日子
我在阳台上待的时间更多
看盆景、树木、天空
听小鸟在樟树上
叽叽喳喳

我追着太阳
改变身姿
像轻风晃动光影
记忆碰响牵牛花藤的
蓝色铃铛
月光树脂
流苏
更日常的小瀑布

你胸口掀起的海浪和针
绕着哀悼珠宝里
爱人的发丝
与眼泪

对楼不顾场合的欢乐颂里
小天使一手提着一颗巨大的心
一手举着细长的箭
飞行于
耸立醒狮的梅花桩上方

而万顷烟霾中
我们活着
走在极寒中的钢丝上
……雾眼里有无尽悲伤

晨曲中的生肖

起床、拉帘、开窗
这些晨曲中的
既定动作
不忽略
但可以不记
要记的是
向玻璃哈几口气
擦拭几下

一天就开始明亮了

早餐的二两水饺
对应了十二生肖

触到羊儿发冷颤
触到兔子

给良药

但进入本命年的人
没忘记穿红色内衣
戴红手链
坚持祝福与祈祷——
春天种下晚香玉
夏天就开花

……恰当的舞曲中
有惊喜

清晨恍惚书

从梦中缓缓醒来的
有所思
不见
天使的游戏棒
与蝴蝶翅

眼前无意义
又退回梦里
笑与泣
无声无疼痛
身体无重量
却被追赶挤压
你亮出的手表
如钜似刀
挂在前额上

"几点的钟声?"
摇醒梦

你在弹琴
他在编程
给清晨悲伤的露滴、肩颈线、延长链
仿佛宿眠之后的初醒
恍惚的倦意与新生

缓慢生活的……

被羁绊的、惆怅的缓慢生活
没体积有重量的影子
失去疾风与骤雨的
属性

认巨石是悬崖、戈壁
或坐凳
以挥霍时间来冥想
却倦于寻找入海口

偶尔被彩虹唤醒的眼神
射出迅速腾空又落下的箭
路遇一道闪电
搭乘粉色的美人蕉
紫色的鸢尾花的
蜈蚣火车
与蚂蚁

荡漾、兜圈圈

看
口袋里有一封发皱的信件

访荒野中的小径

不解八卦的隐士
身上生着阴阳鱼的鳞
走在雾霭笼罩的小径

访问者于荒野之中
获得的苍凉
和苍耳的浮雕
与密集综合症
回放童年的倒刺、恶作剧
治愈现实的自闭与恐慌

异乡人的延时拍摄中
绽放着小黄花、金腰带
绘制的早春图
安慰了用叠句诅咒或颂唱的风声

要知道要知道
在夜晚闪烁的磷火
是游魂也是故人

失眠者的清晨

突如其来的阵雨
抚摸着
缝纫
失眠症的碎片夜晚

被间隔性耳鸣碰触的骨钉
竭力挂住接踵的雨季
漫长的唠叨教育
和失去调性的弹力

失眠的诗句
在卷笔刀、橡皮擦和铅笔刨花旁的
白纸上数羊群

鸟鸣、门铃反复剪辑着
飞旋的空白与脑雾

所幸雷声和练习曲的交响
捞起了快速下沉的日常

重回抒情

晨起
以清水一盆
淘洗浓稠和油腻的烟火

重新偏爱寂静
偏爱重装的乐器多出来的部分
偏爱情人节没有情人
偏爱写生却不画眼前

偏爱摔碎了的温度计
真正的水银泻地
但要迅速戴上 N95 口罩和橡胶手套
把它们密封在玻璃瓶里

这寄自古老邮筒的信
是青春的笔迹写在洁白纸上的
一叠诗
它们用了一万颗星星的闪耀
十万顷海洋的荡漾

亲爱的, 收到后
请日烧一首
纸灰拌蜂蜜服下
以代替没有甜味、容易上火的糖和日常

病中的几何学

需要射线
或弧线，或抛物线
或者方形、长形、菱形、角形
但不是圆

而自然之声的圆满

辨出在床上听到的
唰唰声不是雨点
是雪粒借鸟声和诗人
浪漫的元素
给甲减者
少碘的盐

而美与偏执
让她在雪中的鹅卵石道上
披上纷飞的梨花衣重复上下坡

和影子互殴的寒冷与孤独
不剪辑绿皮车和平行道
而量体裁出处方药和百衲衣

傍晚的空中花园

露台上
固定木地板的白色铁钉
和绿毯上的蓝色婆婆纳
眨过银河系的眼睛
闪烁白色弧光

这里有风
无口罩
有自由的弹跳与奔跑

当夕阳撞色于铁锈红的长亭
换身为月亮

书写编年体
档案诗

燃烧你的概念、火炬——

列队的青石板排向主题先行的玉兰:
紫的、白的
双生于彼岸
微信发出的生日金
落入八卦阵
收于高山流水的太极招式里

白鹤亮翅,或者飞天
悬崖临渊,或者无限眷恋

附 录

　　《山湖集——中南财经政法大学诗人诗选》自2018年始，每年一卷，到2022年卷已是第五卷了。为总结与备忘计，我们特别附上一辑《附录》，即2018年首卷面世时新闻发布会及诗歌研讨会嘉宾发言整理，和发表于2020年第1期《长江文艺评论》校园诗歌研究小辑的三篇评论。

诗歌照亮山湖
——《山湖集——中南财经政法大学诗人诗选》研讨会嘉宾发言录

时间：2018年10月21日上午9:00-12:00
地点：中南财经政法大学新闻传播学院会议室
主持：荣光启

荣光启（著名评论家、诗人，武汉大学教授）：

今天是诗人的节日，适逢武汉首届东湖诗歌节，这几天我们也在东湖诗歌节相聚，张执浩老师、李鲁平老师组织了这次诗歌活动，也邀请了多位来自北京、重庆的著名诗人来到武汉。这些天是武汉的诗歌的节日，我们在这样的时间来研讨《山湖集》，非常有意义。今天的研讨会我非常荣幸能够作为主持，感谢中南财经政法大学对我的信任。接下来我说一下诗歌讨论会的规则，因为时间非常紧张，希望每位校友、著名专家、诗人发言注意一下时间。我们对于从北京、重庆来的几位老师给8分钟时间，本地的校友给5分钟时间。今天我们主要是对于诗集和中南财经政法大学诗歌的创作发表一下自己的认识与感受，谈论一下诗集的意义。我们的研讨会现在开始，首先有请《诗刊》主编、著名诗人李少君先生发言。

李少君（著名诗人、评论家，《诗刊》主编）：

刚才王键（楚石）说我一来就问南湖在哪里，因为在武汉大学读书的时候，我记得跟程道光（程韬光）、曾光等在南湖搞过一次烧烤。那个时候南湖荒无人烟，当时曾光写了一首诗，我认为那是他的代表作。他说："草丛里传来风吹草动的消息。"我们说这个写得好啊，有很多的想象。今天来这里感触特别深，因为在座的都是八十年代一起写诗的朋友，所以我首先就是有一种非常浓厚的情感，而且根据刚才的介绍，应该说这里面是多重情感在交织，这个师生情、同学情，这个爱情，还有友情、亲情，像阿毛的先生也来了是吧？！然后像我跟沉河都是战友级，都是八九年一起写诗的战友，所以我就觉得中国的诗歌最重要的一个特点就是情感，情感的浓缩、情感的提炼、情感的储存、情感的记忆。李泽厚先生有个很著名的说法，他说中国文化是一个情本体，这是因为中国文化不是自然形成的欲本体，也不是形而上的神本体，人的欲就是情感，人们通过对情感的珍惜、眷念、领悟、回首，实际上就得到诗歌的本质提炼，所以有个说法，中国诗歌的一个根本特点就是抒情性，这个抒情性就是中国人擅长用情来编制他的世界和天地。首先我对《山湖集》这一点感受是特别深刻的，因为大部分诗歌还是抒情型的诗歌，这是最重要的一个部分，里面也包含了这一系列的情感：爱情、友情、亲情等等，这一点其实也是武汉包括武汉高校的一个特点。为什么武汉高校有它们很接近的地方呢？因为武汉的自然背景比较浓厚。昨天我和张执浩参与的活动叫"山河"，今天是"山湖"，包括我曾经写作的时候说我是一个有"背景"的人，即珞珈山这个山的背景。不要小看这个自然的背景，我们与其他地方诗人的区别，就在于武汉的诗整个的抒情性是它的一个根本。当然，它后来发生了许多变化，就像《山湖集》中我们看到的，也有那种特别讲究修辞的诗歌，但是大部分的即使是比较口语化的、修辞性比较强的诗歌，它的根本也离不开它的背景，这是情感和自然的背景，我认为这是中国文学、诗歌和文化的一个主流。特别是中南财经政法大学，刚才王键开玩笑说让校领导学习学习，其实是有道理的，因为法律和经济一定要有人情味，一定要有情感，读诗是最能培养人的情感的方式。其实我读这些诗的时候还有一个体会就是很多诗是很有情怀的。我在看这本诗集的时候大吃一惊，因为这些诗人大多数我都认识，翟俊武我们在北京经常一起聚会，我就没意识到他是中南财经政法大学的；深圳有两个诗人我都认识，比如白政瑜，我当时也没意识到他们是中南财经政法大学的，但因为他们有一种诗歌的情感存在，所以他们在社会上有一种情怀，有一种与众不同。我当了三十多年的编辑，经常在全国各地碰见一些人，但是我不知道他们是干什么的，只知道他们热爱诗歌。今天我在书中一看，发现当初认识的很多人都是中南大的。今天我看王键的诗歌，非常有现代意义，他的诗歌凝聚了现代意识，让人产生荒诞感。另外就是阿毛，她是整个武汉现在唯一写诗的女诗人，武汉本来有好几个女诗人，但是后来都不写了，我觉得阿毛的这种坚持给中南财经政法大学带来一道迷人的风景，有一个活跃于诗坛的这样一个女诗人。我们还有一个海南的叫陈林海，他以前经常跑来找我，我一直不知道他是中南大的，今天一看他们诗都写得挺好的，包括佩韦、程峰，我就不一一点评了。最后一点感慨，就是王键说到学院派的诗歌，我觉得高校诗歌正在成为一种潮流。前几天我们成立珞珈诗派时也是无意识的，很多大学都在陆续出诗集，比如吉林大学、复旦大学、人民大学、北京师范大学。为什么会产生这个现象？其实是因为中国的这种情感。西方在上帝之下都是孤零零的个人，而中国实际上有一种家园感、共同感、团体感，这样一种传统正在回来。中南大现在有两万多名在校大学生，加上历届就有几十万，北大、武大更是有上百万的校友，如果再加上家属就是一个非常庞大的群体，相当于欧洲一个国家的人口，所以它一定会产生它自己的传统。我认为编写《山湖集》是非常有意义的，我认为诗歌成为一个新的趋势，我们根本不用在市场上销售，仅仅靠校友的力量和参观的人就能有几千上万的销量，中国的高校诗歌热潮正在到来，武大珞珈诗派的诗歌在吉林大学又编了一套诗丛，这次北大、吉大、复旦、武大每个学校十本，他们准备做系列工程，如果这四个大学销售成功，接着北师大、中南大都会做诗丛，这个意义非常重大，我认为《山湖集》开了一个好头，我也希望中南大的传统能够一直传承，谢谢大家！

荣光启：

感谢少君老师的发言。下面有请著名诗人、诗评家，中国人民大学教授王家新老师发言！

王家新（著名诗人、评论家，中国人民大学教授）：

我是武大77级的学生，今天在座的很多都是八九十年代从武汉高校出来的诗人，有一种"南湖会师"的感觉。我们上大学时都参加过办诗社。珞珈山是我们青春的墓地和诗歌的摇篮，使我成了一个诗人。八十年代是个燃烧的年代，我们的很多文学追求、我们的苦难和希望都是那个年代赋予的。今天的有些大学生可能是钱理群教授说的"精致的利己主义者"，但是在八十年代，那却是一个饥饿的年代、呐喊的年代，是一个民族的精神诉求和诗歌创造力被唤起的年代。那个时候我们班有一半的同学都写诗，有的同学即使不写诗，也会读诗，大家都会背诗。那时我们还成立了多个诗社。当然，一代人的成长需要时间，但是诗歌的激情对我们人生是非常宝贵和重要的，它在我们生命中擦出一道绚丽的火花，虽然短暂，但非常值得珍惜。财大《山湖集》中很多诗人都是非文学专业的，而他们的这些诗歌写得都很灵动、自由，没有文学专业的负担，不像中文系写的诗那么拘谨。我觉得阿毛和王键的诗歌都是很不错的，阿毛的诗很灵动，有一些诗很真实感人，让人难忘，王键的诗富有思想性，语言也比较有锋芒。最后再讲一句老话：重在坚持！年轻的时候有很多同学都在写诗，但现在大都不写了，火焰熄灭了很可惜。这现象并不是个别的。写诗就像一种"病",热度一过,就完全和自己没有关系了。虽然当时很热情、很有诗的冲动,但后来就和自己没有关系了,所以我要强调贵在坚持。诗歌是一生的事情,是走一条远路。奥登说"大诗人是一个持续成熟的过程",在一个人的不同阶段甚至是最后阶段都能写出好诗。我们也不是要追求大诗人这个概念,但你选择了诗歌,你就选择了走一条远路,这是一生都不可能完成的过程,所以写诗就意味着"修远"。王键和阿毛做了一个很好的工作,把大家聚在一起。诗歌的火把不能熄灭,要一届届把它传下去,要不断坚持下去并在坚持中不断成熟,不断走向新的境界。

荣光启:

谢谢王老师的个人分享,还有对每一位诗歌爱好者的激励。接下来有请著名诗人、鲁迅文学奖获得者、甘肃省作协副主席娜夜女士发言。

娜夜(著名诗人、第三届鲁迅文学奖全国优秀诗歌奖获得者、甘肃省作协副主席):

关于《山湖集》,我想具体谈谈两个人的诗歌,就是王键和阿毛。

王键写的《深夜来电》,这首诗把生活的现实和梦幻中那种似有似无的东西结合得非常好,既真实又虚幻。诗歌结束了,你的阅读似乎还在继续。这首诗背后隐藏着很多的东西,但语言轻松、自如。我个人喜欢这种深入浅出的表达方式。《夜航》是写坐在飞机上的人对生与死的思考。这样的诗,没有具体的细节,很容易变成感慨,但无论是诗歌的带入感还是技术问题,王键处理得都很好。可以看出,他把生活细节镶嵌在诗歌中的能力很强,又看不出用力的痕迹。《一生的远足》让我觉得一首好诗就该是这样的!他作品中的鲑鱼,我原来也不知道就是三文鱼，我们大概都不太了解它是一种洄游的悲剧性的动物，他这首诗因一个常识使诗歌和阅读者都获得了意外的收获。我在想，一个自觉的写作者，与鲑鱼的一生很贴近。

阿毛的诗我读得很多，阿毛的诗越写越好了、她走到哪里写到哪里，随时随地，而且质量很高。我私下和阿毛交流过，这是诗人主动的自我训练，值得我借鉴。我很喜欢阿毛的《光阴论》，我想所有的女诗人都会喜欢这首诗："我多想再有一个女儿，穿我还未穿过的衣，爱我还来不及爱的人。"这个情感也只有女人明白，异性未必真正理解。是的，当我们用全部的身心爱着一个人，会感觉自己的一生远远不够，还需要自己的女儿接着自己的爱，继续爱下去……这首诗让我眼眶潮湿！阿毛的好诗都深情而透彻，有着挽歌的品质。到了一定的年龄，很容易把诗歌写得干枯生硬，或训教格言或心灵鸡汤，我们读到的阿毛依然是鲜活的、发现的、神秘的，而且越写越宽阔，也越尖锐。

荣光启：

感谢您精彩的点评。接下来我们有请著名诗人、《十月》杂志社事业发展部主任谷禾老师发言！

谷禾（著名诗人、《十月》杂志社事业发展部主任）：

我注意到娜夜说到阿毛诗中的句子，大家都笑了，所以诗中有两个特别好的句子还是很重要的。我记得2012年的时候，张执浩一首诗的最后两句："千山万水美好，千山万水莫名其妙。"就是写人们春节返乡的景况。看到这种好句子，我们会想到很多具体的又迥然不同的场景，这是我们诗人一直追求和等待的一些东西。这本诗集有很多人写的诗都非常出色，比如王键、阿毛、程峰等，我觉得他们都是很优秀的诗人。在这本诗集中我们能够看到中国当代诗歌的抒情性的体现，也有一些泛口语和学院风的，反映的也是中国几十年下来的一个诗歌状态。今年是中国新诗100年，中国新诗逐渐形成了自己的传统，但作为一个高校，学子集中的地方，要有自己的小传统，要在自己的后继者中传承。我认为王键、阿毛以后继续编诗集，就是要形成一种以中国诗歌百年传统为背景的中南财经政法大学的诗歌小传统，而不在于诗集中集中了多少优秀的诗人，更重要的是它是一个梳理，是一个平台，希望更多的后辈和年轻人加入进来。我看了诗集，年轻人还是相对少一些，多是八九十年代的。在这个物质的时代要年轻人去写诗、关注诗可能相对来说比较困难，但是我觉得这不重要，重要的是能够形成文脉传承下去。我相信中国诗歌一定是每个人生活的一部分。这本诗集的出版，对财大和诗坛来说都是很有意义的。现在很多高校都在编诗集，许多省也在出自己的年度精选，在互联网时代，这是白纸黑字的记录，也是对传统的回望，它对我们每个写作者都很重要。

荣光启：

感谢您精彩的发言。接下来我们有请著名评论家、诗人，中国作家协会创研部研究员霍俊明老师发言！

霍俊明（著名评论家、诗人，中国作家协会创研部研究员）：

二十世纪八十年代可以说是诗歌的理想主义的年代，也是大学校园诗歌成果最为丰硕的时期。此次翻看《山湖集》这本诗选，我仍然能够看到那个年代的校园诗歌热潮，而当下的中国校园诗歌已然形成了一个很狭隘的体系，缺乏开放度和有限性。《山湖集》的出版印证了历史和个人之间的写作关系，这些不同代际的诗人实则通过个人行为、精神肖像和文本档案构成了一个特殊的年表，这在回溯历史的过程中具有重要性。奥登说，二流诗人的身上是看不出他与历史年代之间那种深刻的关联的，这一关联也在这本诗选中得到了呼应。值得注意的还有个体写作变化和差异，这对于一个写作群体来说尤其重要，在写作经验变得贫乏的时代我们所期待的是综合性和总体性的诗人的出现。最后，对《山湖集》的出版表示祝贺！

荣光启：

谢谢霍俊明老师。接下来请鲁奖获得者、省作协副主席张执浩老师发言！

张执浩（著名诗人、第七届鲁迅文学奖优秀诗歌奖获得者、湖北省作协副主席）：

一本诗集就像一个家，具有把游子召唤回来的功能，《山湖集》就像这样一个"家"，她把散佚在各自世界中的学子召唤到了一起，这是非常好的一件事。现在很多出版社都在出版一些校园诗选，它不仅仅是为了怀旧，而是为了唤起我们内心深处的一种庄重的青春情感，重新照亮我们的过往岁月。如果我们能够通过写作，通过编辑这样的诗集把更多年轻人吸引到我们身边，就能体现它真正的价值。武汉现在的主力诗坛由两部分组成，一部分是八十年代和我们一起写作的那些诗人，大多生于六十年代，持续写作至今，尽管不一定有共同的生活现场，但相互支撑和呼应，既有差异性，又有精神上的激励。这是现在武汉诗界相对稳定平静的原因。中南大是湖北诗歌现场的重要一部分，像阿毛一直持续三十年地写作，我曾经说她是武汉诗坛的"珍稀品种"，如果没有阿毛，就意味着武汉乃至湖北诗界全是男诗人的天下了。从这个意义上来讲，我们应该感谢这座美丽的校园,为湖北诗坛贡献了一位美好的诗人。我看了这本集子里的一些诗歌,有很多诗歌都是写得非常好的,呈现出了生活中的挣扎情状。因为写诗让你的人生与众不同。眼下这些校园的孩子,他们也正在经历青春期的迷茫困惑和挣扎,如果说他们问写诗有什么用,我们可以这样告诉他们:"因为写诗,我与众不同!以后如果你写诗,你也会与众不同,你的生活会更加人性,更加与众不同!"我有幸在我青年的时候遇到一些默默支持、鼓励我的人,他们成就了我的现在,这是一种通过诗歌建立起来的情感。谢谢大家。

荣光启:

谢谢张执浩老师,我们知道我们有一个写诗的背景,张执浩老师也在为我们创造这样一种归宿感,谢谢张执浩老师!接下来我们有请著名评论家、诗人、省作协副主席李鲁平老师!

李鲁平(著名评论家、诗人,湖北省作协副主席):

我在大学时代也是诗歌的狂热爱好者,今天我在这里更多的是怀旧,更多的是祝贺中南大出了这样一本诗集。一个大学愿意为它的学生出版这样一本诗集,一定是一所好大学。据说华师也在筹划出一本,武大去年弄出来一套,财大竟然在半年内就编出来了。看一所大学好不好有很多角度,愿不愿意为学生做事情也是角度之一,这是一种情怀,会改变学校的气质和风貌。我们对财大的印象,无论是会计、审计,还是律师、法官,总觉得这些人不可能诗情画意、多愁善感,但这本诗歌合集,可以改变整个社会对一所大学的认识和印象,这是一件非常美好的事情。第二,通过这样一本专辑,把不同时代的校园诗人的作品汇编成册,对这些诗人来说也是很美好的事情。虽然这些诗人在祖国各地,从事着不同职业,比如证券分析师，大家往往不太相信他们的分析，但我认为一个诗人来做证券分析，他一定是抱着一种良好的愿望；一个写诗的法律专业的学生做了法官，一定是抱着一种善良和美好的愿望。第三点，这本诗集是一本质量比较高的诗歌集，从头到尾质量都很高，有很鲜明的自觉性，比如王键的《夜航》、阿毛的女性思想等，有些也有鲜明的抒情性。不同的风格、不同的面貌、不同的职业背景，是中南大文化的一部分，非常有价值，北京来的专家也说了这里面有很多高质量的作品，我觉得这里面的作品非常干净、简练、从容，再一次祝贺《山湖集》的出版！

荣光启：

谢谢李主席非常精彩的发言，现在我们有请著名评论家李建华先生发言！

李建华（著名评论家，湖北省文艺评论家协会驻会副主席）：

非常荣幸参加《山湖集》出版发布会。中南大70年来为国家培养了大量专业性、实用性的经世致用人才，比如经济学、法学、社会管理等方面的专家，同时也培养了一批所谓"无用之用"的人才，比如阿毛、程韬光这些专职文学艺术工作者以及许许多多业余的诗人和作家。我觉得这是一所很好的大学，培养了两种不同指向的人才。著名诺贝尔奖获得者莫言曾说："文学和科学相比较的确没有什么用处，但是文学的最大用处就在于它没有什么用处。"其实也就是庄子所说："人皆知有用之用，而莫知无用之用。"有人说诗歌是文学之母，是文化之母，甚至是文明之母，我觉得这话很有道理。在人类的三大文明——希腊文明、中国文明和印度文明中，如果希腊文明没有《荷马史诗》，中国文明没有《诗经》《楚辞》，印度文明没有《罗摩衍那》，那这样一种文明的精神底色就会相差许多。因此，我们民族一向是高看诗歌这种文体的。《山湖集》的两位主编我都很熟悉，阿毛的诗我原来看了很多，王键的诗我今天第一次读到，原来只知道王键能喝酒，没想到诗歌也写得这么棒。《山湖集》尽管收录的是财大师生的诗歌，但它也是当下湖北诗坛、中国诗坛的一个重要现象，具有很多普遍性特征。有三点值得我们关注；第一，《山湖集》对中国人的现实生活、精神生活以及人与自然、人与社会、人与他人之间的一种关系给予了持久的关注和恒久的表达；第二，《山湖集》对普通中国人的日常生活经验和真实的生存状态给予了关注，比如阿毛诗中的女性的那种干净、圣洁、脆弱等；第三就是一种现代意识，以现代视角对我们这个时代，对我们的社会面临的一些问题，做了深层次的思考，比如王键的《夜航》等。为节省时间，我就不多说了。祝贺《山湖集》的出版，对王键和阿毛表示致敬！

荣光启：

谢谢李建华老师，李建华老师非常深入精辟地进行了三点总结。接下来我们有请著名作家，《长江丛刊》社长、主编刘诗伟老师发言！

刘诗伟（著名作家，《长江丛刊》社长、主编）：

《山湖集》这本诗集有两个独特的方面：一个是作者在大学本科的时候或离开大学后大多不是学文学或做文学的，一个是这本集子里有校园作品，有后校园作品。所谓后校园作品是指离开学校或毕业后写的一些诗歌。这两个特点让我看到了它的独特的价值和美学意义。首先是诗歌对人的思维的拓展和锻炼。二十世纪八十年代《文学评论》发表过一篇关于物理美学的论文，这是很奇特的，关于物理学的论文没有发表在物理学杂志上，而是发表在《文学评论》。

这篇文章中有个例子：一个科研人员在做实验时，无意中发现一个分子的结构形态非常之美，让他吃惊，他坚信这么美的物质形态一定是存在的，后来通过反复实验，证明确有这么个分子。这篇关于物理美学的文章我记得的不多了，但这个例子我大致还记得，一直记得。这个例子说明，美不是诗人和诗歌的专利。我曾经有一个不成熟的想法：人类或者现代人可能会发育一种新的思维方式——意象思维，它可能是介乎逻辑思维和形象思维之间的由诗歌创作（或文学创作）实践而使之成熟的一种思维形式。我还听一位数学家讲过两个很有意思的例子，他说他的导师华罗庚先生不仅是一个好的诗人，还是一个好的诗论家和诗评家；大数学家高斯也是一个写诗的人。看来，诗与美在其他领域大有作为。现在我听说，这本诗集的作者在离开学校之后都在各自的工作领域卓有成就，我想这不是偶然的，在诸多因素中，有一条是他们曾经在校园受到了诗歌的熏陶并有过写诗的训练，这对于他们的思维的拓展、对他们情商的开发无疑是很有帮助的。从这个意义上讲，这本《山湖集》的出版，可以推动大学里一些非专业的学生来学习文学和从事诗歌写作。当然，作为一本成色不俗的诗集，它的文学意义是不必说的。谢谢！

荣光启：

中南大的毕业生在各个领域都很出色，诗伟社长的角度非常独特，他对写诗对于思维拓展的意义跟财大学子在各行各业出色的成就之间的关系做了解说，谢谢诗伟老师。因为时间关系，我请下面的诗人嘉宾们按座位顺序一一发言。先从长江文艺出版社的社长沉河先生开始。有请！

沉河（著名诗人，长江文艺出版社副社长）：

我就说三点。第一点是与有荣焉，因为虽然《山湖集》的出版和我没有直接的关系，但是武大的《珞珈诗派》出版了，湖大的诗集也出版了，我就追着阿毛和王键说，你们学校有那么多的优秀诗人，你们学校怎么还没有出版诗集呢？跟他们打了几个电话催。正好有一次阿毛到出版社来看她的文集清样，我们又谈起出版相关诗集的事，阿毛说："好，我来找王键。"然后我看见这两位诗人校友在半年之内就把这件事情完成了。

第二点我想谈一个问题，也是受大家的启发，就是我突然意识到，目前对中国诗歌影响最大的一个人，他其实不写诗。是谁呢？就是孔子。"诗三百"是孔子编的，如果没有这个编辑，没有孔子的整理，我们诗的传统是没有的，所以孔子才是对中国诗歌贡献最大的。这就说明了我们编辑和出版，包括《山湖集》的编辑和出版的意义所在。传统和背景都是诗人们在生成，但是如果生成了却没有人编辑整理就没办法真正的积累、传承。另外孔子还是伟大的教育家，因为他是我们中国第一个开门办学的人，那时的孩子想读书不容易。这个教育的背景也是《山湖集》的背景。校园诗人的合集和地方主义名下的诗人合集是有区别的。我们的背景就是我们的大学，我们的精神背景、我们的心灵背景都来自我们的学校。

第三点是我认为诗歌的发展并不是向前进步的。我今天见到程峰说的第一句话就是问他："这些诗还是你当时大学的时候写的吗？"他回答是的。确实，昨天我读着诗集，我就忘记了时间，忘记了年龄。诗歌有何进步可言？今天的不一定比古代的好，年长的不一定比年轻的好，自己现在的也不一定比过去的好。

黄斌（著名诗人）：

我认识夏雨、王键是张良明介绍的；认识程峰和程道光，是八七年的时候李少君带着我到财大开诗会一起认识的，后来也经常和阿毛等一些诗友在华师一起玩。这么多朋友几十年来一直念在心里，我们也是在一起写诗的朋友。我记得大学时去找程峰玩，他就用当时的十元钱请我喝了两瓶酒，吃了四菜一汤，这是很奢侈的，这在当时的礼遇是很高的。一饭之恩，不可或忘。我们这一代武汉的大学生诗人，和王家新老师等第三代诗人之前的诗人，有不少差异。我们既不像北京的诗人那样有机会和老外交往，也不像四川的诗人那样喜欢在美学上"造反"。大学毕业以后，我们承担的都是日常伦理的东西，是一种内生型的自我主体的写作，因而呈现出另外一种样式。当前这本《山湖集》的出版是非常值得庆贺的，我们这些当年的校园诗人，有时候是一起合唱，有时候是个人独唱，构成了当时武汉高校的诗歌氛围，并且每个高校都有自己的传统，形式是多样的。在《山湖集》中，我也看到比我们年轻的人，像杨波等"90后"，写得很好，有自己的特色，这说明财大的传统流传有序。

川上（著名诗人）：

刚才大家谈到写作背景的问题，我也想就这个背景问题谈谈想法。今年是改革开放40周年，我们这一代人是这一过程的见证者。中南财经政法大学毕业的学子因为专业的缘故，他们所面对的与我们有所不同——他们处在经济发展大潮的第一线，他们可能是弄潮者、开拓者，在他们这群人中，有更多的人是创业者。所以，面对这样一股经济大潮，他们的体验必然会更鲜活、更丰富、更深切。这40年，尤其是这群人毕业后的30年，我们身处的这个世界已发生巨大的甚至可以说是根本性的改变，一切都被重新定义了，一切都不再是原来的样子。作为弄潮者,作为这些变化的亲历者、实践者,他们的成功或者失败,他们在这一过程中的感受与感悟,他们所经历的喜悦、迷茫、痛苦等等这一切体验构成了他们独特的一个写作背景。比如我在这里面读到了李鸿鹄的诗,它里面提到一个词语"泅渡"——"你的一生都在泅渡",我认为"泅渡者"的形象与这群人的形象就特别吻合。在1992年前后,人们习惯于把投身到经济发展的浪潮中的行为叫作"下海",这样的说法特别贴切。大海辽阔、雄浑而壮丽,但对于"泅渡者",则时时处处都有着挑战甚至危险。刘静就是这群"泅渡者"中的一员,她的诗歌很有代表性,我觉得她的诗是"疼痛之诗",比如她说:"淬火而出的躯体,如一只疼痛的夜莺""我恐惧你的野心,你无序疯长的欲望"。我们不知道他们究竟经历过怎样的心灵阵痛,但我们仍然可以从他们的诗句中感受到那些风风雨雨对于一代人的洗礼。

"下海"的这帮人中,王键也是很有代表性的。在《一生的远足》这首诗中,他用"鲑鱼"这一独特的生命体来表达自己的感受,我觉得特别贴切。鲑鱼也就是三文鱼,它们出生在内陆河流之中,但它们刚一出生就失去父母,依靠生命的本能自我成长。它们顺流而下,进入大海,它们也是大海中的"泅渡者",也没有可供学习的经验,所有在大海中生存的技能都需要它们一天天去积累。我说这些,大家可以想到这些鲑鱼与我们当初"下海"的那些人何其相似。在大海中历经3年的成长后,这些鲑鱼就要回归了,它们向着它们的出生地逆流而上,在那些日子里,它们不吃任何食物,它们洁净的身体逐渐变得彤红。在出生地它们完成交配、产卵,当新的生命诞生之时,它们的生命也将终结。庄子说"生者死之徒,死者生之徒",万物都在这样的生死循环中使生命得以传递。所谓"薪火相传",这也是其中的一种。那批最初的"下海"者,他们也在与"大海"的"较量"中学会了游泳,他们积累了足够的经验并因此而丰富。

接下来我想谈一下我和财大以及武汉高校的这些诗人的渊源。我 1985 年进湖北大学，大一那年，我和同学们一起做了一本刊物《江风》，里面有我的一首写大学生活的诗。就是因为这首诗，我与王键相识，并从此开启我们一直持续到今天的友谊。在大学期间我们组织过很多诗歌活动，在湖大和中南财大之间，我与王键成为一种连接诗歌和友谊的纽带，我因王键认识了程峰、阿毛、程韬光，王键因为我认识了沉河，并通过沉河认识了武大的黄斌、李少君。华师也是我们常去的地方，华师"一二·九"诗会是我们每年一次的盛会，我们在那里认识了张执浩、魏天无、剑男、刘源，还有中南民大的曾光、武大的陈勇。

1988 年 5 月 22 日，由我与沉河、黄斌、王键、张执浩、阿毛、夏雨、余文德等诗人组织的"新学院诗派"成立，《武汉青年报》以专版的形式刊发《新学院派作为现代诗的一种方向》的理论文章及诗派成员诗歌作品。1988 年 12 月，由"武汉新学院诗群体"主办的诗歌报《新世纪》创刊号面世。《新世纪》为 8 开 8 版铅印诗报，重点推出沉河、黄斌、王键、张执浩、李少君、钱省、夏雨、刘源、阿毛、南野以及我的诗歌作品。诗报理论文章《寻找中国的诗神》（由我与余文德执笔合撰）被《诗神》杂志 1989 年第 6 期全文转载。

之后，我们走出了校园，面对更加激烈的世事变迁。这么多年了，因为诗歌，我们没有走散，以诗歌作为媒介所建立起来的友谊因时间的酝酿而变得更加纯粹、亲密，这使我们每个人身处其间而感受到温暖。

今天，我们因为《山湖集》聚集到一起，《山湖集》承载、延续着源自武汉高校的一种诗歌传统，同时也见证着诗人间的友谊。

感谢诗歌！谢谢大家！

刘洁岷（著名诗人）：

这本书应该是校友和校内师生诗歌的一个合集，能够这样编著合集的是一个个有文科设置与传统的高校，如我一个工科生，很羡慕大家。江汉大学去年也出了一个师生合集《隔山来信》，我是以教师身份加入的，也算汇入了高校师生诗歌结集的潮流。从相关话题来说，我们有学院背景的人容易被纳入"学院派"，其实其中有的诗人的诗歌也偏口语化了，这些东西一直是喧嚣在诗歌话语中的。记得在2010年，我们在衡山诗会上就发言说过不存在"口语诗"，当代诗歌都有模拟的口语成分，也无法、同时没有必要摆脱书面语的书写。新诗肇始谓之白话诗，白话即是口语，含有明显的当代会话语言，即口语成分。现在好像"口语诗"即诗歌的政治正确，"学院派"即要被诅咒——其实真正的"学院派"代表着另一种气象与尺度，做起来也不是那么容易的。当然，学院师生合集也未必是"学院派"，但我们在高校也好，踏入社会也罢，都要开阔起来，不必画地为牢，与空气格斗。《山湖集》就是一种苍翠与碧蓝的雅集，作者们既有在校园求学期间的交集，在社会上由于专业归类，也有谋生与择业上的共性。在精神层面上、在艺术风格上是否有更多的共性，是否构成写作意义上的"帮派"？这需要在研读作品以后再慎重下结论。说句题外话，诗歌是一个很奇怪的东西，既是精英的又是反精英的，文化水平比较低也可以写，它的门槛不高，但是想要写好的话，必然是一个一生都未必能够抵达的事情。在湖北，有一个"60后"诗人叫杨汉年，他是一个初中毕业的农民工，他有过在全国各地打工谋生的经历，现在在潜江一个小镇开了一个杂货铺，但按我的标准来看，他却已经是优异得令人吃惊的诗人，比"草根诗人""打工诗人""低层写作"要高级很多，所以学历背景也是很难说的事。

再看"阿毛现象"。作为武汉仅存的持续几十年写作的女诗人，我也接着大家的话题谈一下。对于武汉的诗人来说，他们完全处于一个周围没有持续地写作的女诗人的状态（早期有胡鸿、华姿，中期有鲁西西，近期有夜鱼），所以以前来湖北的一位四川诗人说湖北和武汉的诗人多可怜啊。诗人中没有女诗人，处于一个比较沉闷的环境，就像一幅画总是缺少一些颜色，在这样的环境中顽强生长、发展出来的诗歌，某种意义上是否将会更加纯粹，更加有特点？我们就像是身处一个荒岛，而这个荒岛上只有男性，这样的话它所产生的东西也许会更有意思和意味？我敬佩这些在我周围还几十年如一日热衷于写诗的老少男诗人们。反过来说可以期待，现在的"90后""00后"因为环境的转折变化，说不定会迎来女诗人占领湖北和武汉的时代？绝处会有更猛烈的反弹。

我读了《山湖集》，这里面我比较熟悉的诗友比如王键、阿毛、夏雨等。除了熟人之外，我印象比较深刻的是唐驹写的《订单OK》以及森森写的《绿皮火车》，即使以苛刻的标准来说，这些都是好诗，我很喜欢。谢谢大家！

夏宏（著名诗人、评论家）：

这两年我参加了本地几所高校的校友诗集发布活动，很有感触。我以为，《山湖集》出版发布的意义已经超出了诗歌文本本身，诗歌、诗人们从远方回到母校，这是对孵化了诗歌精神的高校的一种回馈。

我观察到，当代人在建设人文的容器、探寻精神的出口。诗集就是一种人文容器，诗歌就是精神和心灵的一种出口。高校作为启蒙之地，不应该仅仅只有规训式的教化，还应该开启人心、点亮社会，这是非常重要的义务。那么诗歌就从不同的方向铺展开点亮的路径，可以通向内心，通向星空，还可以通往草丛。

之前，我已通读了《山湖集》的电子版，循着"点亮"这一条路径，我读到诗人王键的诗句：我从／逼仄的座位上起来／向空中

舒展蜷曲已久的身体

　　读到夏雨的诗句：我唯有不断地写下去/……/只有写才能呼吸氧气

　　诗人阿毛这样写：我突然听到自己/胸腔里的啜泣声

　　还读到尹与（刘畅）的诗句，也是这本诗集最后的两行诗：我爱你/爱着这看不到光明的微弱的光

　　读到这些，深受触动。

　　精神的这种出口往往会成为下一波的入口。我祝愿中南财经政法大学以后能继续出校友诗集，诗歌活动能延续下去，波及众人。谢谢大家。

亦来（著名诗人）：

　　非常感谢邀请我参加新书发布会，这又给了我一次学习的机会。因为在座七十年代的人非常少。这也反映出当前中国诗坛的一个现象——最活跃的还是"50后"和六十年代的一波人。读这本诗集的时候，我就产生了两个"怎么办"的问题。第一个就是七十年代的诗人怎么办？《山湖集》的出版，是八十年代的校园诗人的精神寻根，财大的诗人找到了一片山，一片湖，在地域上找到了生长点。而寻根的过程有两个层面，除地域外，还有时代和时间的层面，那就是青春与理想主义碰撞的八十年代。而值得反思的是，作为生于七十年代、从九十年代开始写作的人，我们从时间上去寻找九十年代能给予我们的精神资源的时候，实际上没有像"60后"诗人这样明确、这样有力度。那么九十年代究竟造就了我们什么，还要进一步去发掘。对"50后"和"60后"诗人来说，"70后"是后来者，处于学习和追赶的状态。看这本集子，我想我们并不是看某一首诗歌的语言如何，而应该超出语言的阶段，更多的是去看这个集子里诗人呈现出怎样的生命力：无论是一个诗歌还是一个诗人，都是一个有机的整体，

扎根于这片山，扎根于这片湖里面，看他是如何汲取营养，自由地生长。由此也反观我们自身的成长，从而产生我们该如何的问题。这里面内含了如何从前辈诗人那里学习的问题，也内含了如何克服"影响的焦虑"的问题。

第二个"怎么办"的问题是，目前许多高校都出了集子，我所在的华师也算是一个诗歌的重镇，但目前还没有一个类似的集子出来。所以，在座的包括我在内的华师人也要考虑是不是需要对华师的诗歌进行一个梳理。它不是一个简单的陈列的问题，而是一个寻根的问题，是要找到一个传统。而一旦找到，还会由此带出如何传承的问题。我们要继续把诗歌的精神向度传递给更年轻的一代校园诗人，让诗歌精神的"火种"生生不息。

谈骁（著名诗人、长江文艺出版社诗歌出版中心主任）：

因为包括之前武大的《珞珈诗派》和2018年年初湖北大学的《沙湖诗风》都是由我担任责编，这三本诗集我都认真读过。我在编这三本书的过程中有一个很强烈的感受，就是这三个学校的诗歌的精神和气质是有很大区别的。比如说武大《珞珈诗派》偏向思辨的、为个人确立精神肖像的诗歌气质。武大作为湖北本土的学院，家族意识和传统的精神更明确一点。《山湖集》的作者背景更多的是政治、法律这种现代精神很强的专业，体现在他们的写作中，就是能处理一些我们往往会忽略的，或者无处下笔的现代性的经验。我觉得这是《山湖集》的一个比较明显的特点。另外一个是，因为我是"80后"，所以对诗歌的传承比较关注。就武大、湖大和华师来说，他们的年轻诗人非常多，也出现了很多优秀的诗人，但在中南财大相对来说有一个断代的现象。

程峰（《山湖集》诗人）：

首先呢，三句话。第一点是非常激动。我这是第一次来南湖校区。昨天是我们毕业30周年的同学聚会，我们去了老校区。我们当时的36号楼现在变成了女生宿舍，看门的老大爷不让我们进去。我们有这样一个情结，但实际上很多人并不理解。我非常激动是因为两件事情，一是来到了南湖校区，二是见到了很多老朋友。我读了各位的很多文章，非常激动。

第二点要表达的是我也非常期待，期待以后《山湖集》还有第二集，期待更多诗人相聚在这里。

第三点是谈诗歌。因为我是干证券分析的，我一直是做投资的，可以说我毕业之后就没有干过一件跟诗歌相接近的事情。我反复看我的职业简历，我一直在干跟诗歌背道而驰的事情。什么意思呢？期货是一个"赌场"，我跟人家"赌博"还在写诗。我现在干证券分析，也是在做跟人性相对抗的事情。这是我的职业、工作。但是诗歌对我们来说就是一个表达方式，让我们在金融这样"反人性"的行当里面保留人性的光辉。这是诗歌带给我最大的意义。

程韬光（《山湖集》诗人）：

今天和老师们、学友们见面，我真切地感受了一场"诗和远方"。前天我很荣幸地应邀为师弟师妹们做了一场讲座。更感恩八十年代帮助我成长、共同见证彼此青春的一帮老兄弟们，你们已经成为我人生中最美好、最美妙的回忆。刚才听了各位老师的发言，我真切地感受到在座的各位都怀着朦胧的梦想，努力地让民族在千年沧桑之后能够拥有诗意，并用这样的方式为母校的辉煌加持。我一直认为诗歌是心灵本身产生的。它从平庸、浮华、困顿中醒过来，见到自己真身。诗歌是比较有力量的，而且是直觉的美好。诗人与梦相似。感谢母校，感谢我的师兄王键、师姐阿毛精心主编了这部诗集，为我们的母校70周年华诞献上一大束鲜花。收录在《山湖集》里的我本人的诗作，大部分都是我大学时候的作品，这也更能体现自己在学生时代对母校的感激和感怀。同时，通过这样一本诗集也让我的心真正回到了母校，让我游走的心通过这样的方式与母校的联系更加密切。现在我诗歌写的比较少，主要把精力放在长篇小说和剧本创作上。我记得少君兄多年前在郑州见到我的时候，第一句话就劈头盖脸地来了一句："你为什么不写诗？"当时我的回答是："这些年来，我一直生活在城市和乡村的边缘，一直游离在现实和遗失中。小心翼翼，如履薄冰，觉得诗和远方什么也不是了。我觉得自己如何努力，在诗歌的创作上无法超越什么了。所以选择了一个讨巧的做法，干脆写起了小说，去感同身受他们的人生和诗意。"这次和诸位老师故友见面后，也确实心生感叹，备感时间倒流，甚至顿时释怀了。我想将来我可能会重新写诗，努力去实现当初的诗人梦。最后祝愿老师和诗友们诗瘾永存，幸福美满。真诚地欢迎大家去杜甫、白居易、刘禹锡、韩愈、李贺的故土去走走看看，我必陪同跟随大家。谢谢！

刘静（《山湖集》诗人）：

今天参加这个会我感到非常荣幸，因为来的各位老师、同事都是一座座高山，我很难去逾越。另一方面，我感受到两点。第一点，诗歌已经被边缘化了，喜欢诗的年轻人越来越少，所以我觉得是一个悲哀。但是呢，我当初从财大毕业后马上就投入了商场，应该说从一个文艺女青年马上变成了"小野兽"。我在所有的商场上都是"厮杀"，要抢订单，而且要赢得胜利，因为我在商场中所有的对手都是男性，没有女性。所以刚刚几位老师都在说为什么诗坛上女性太少、男性很多,因为所有的男性经历了社会的变革,他们都投入了、都经历了大事件,有大感情,但女性的生活圈子太窄。虽然现在我也很少写诗,但是对好诗还是非常喜欢。我也希望以后有更多像阿毛这样的女诗人能作为我们的榜样和表率来鼓励我们写出更多更美的诗歌来。谢谢。

翟俊武(《山湖集》诗人):

我多年来必订一"报"一"刊"。一"报"是《人民日报》,一"刊"是《诗刊》。订报纸是为了工作,订诗刊是一种诗心和情意。今天见到了校友,我确实好像回到了难忘的八十年代。见到了各位新老朋友,因为诗歌,因为《山湖集》。我觉得人活着,无论是贫穷还是富裕,无论你的事业是顺利还是失意,有两种感情纽带永远难以割舍:一个是母亲,另一个是母校。小时候我确实曾经是个诗人,上初中就发表了许多诗。结果呢,长大后觉得自己是靠文字生活。直到如今,毕业后到中央机关,一直在体制内,回头一看,确实是一个凑句者,不敢说自己是诗人。文字是土地,诗歌是呼吸。这辈子我没有别的本事,学了财经,学了会计,第一批股票上市时我当年就参与了审核。过去和一大批名人大腕都是朋友,他们如今在哪里呢?所以靠方块字活着,踏实。所以如果有一天我死了,请把我埋在《诗经》里,因为我的家乡就是《诗经》的故土。也欢迎大家到我们那里去,那里也是红色的土地,大家去了必有收获。因为诗歌,我们的灵魂才有了安息之地。

夏雨(《山湖集》诗人):

今天我真的是大吃一惊。是什么原因、什么风把你们这些兄弟、朋友吹来了?《山湖集》就是一阵风,把大家吹来了。我今天特别惊喜,是诗歌使我们相聚，我非常感谢它。今天听了大家的发言，我更感觉是一个家庭的聚会。刚刚也说了，很多高校都在编诗集。我想，大学就是一个房子，我们都在房子里聚过，但诗歌才是我们真正的家。谢谢大家。

阿毛（著名诗人，武汉市文联专业作家，《山湖集》主编）：

此书编入了一大批优秀的诗歌，这表明中南大有一批优秀的诗人，但以中南大诗人诗选这种集束的方式亮相尚属首次。《山湖集》的出版不但是对中南大诗人写作的一种梳理、对八十年代以来的校园诗人写作的一种传承，也是对中南大更多校园诗人的成长的一种激励。我们会每年编辑出版一本《山湖集》，同时会收集一些有关《山湖集》的评论。我们非常希望诗歌刊物、评论界、媒体能持续跟进关注财经政法专业出身的中南大诗人的创作。相信我们中南大的诗人们会创作出更多更好的作品。

王键（著名诗人，《山湖集》主编）：

出版一本校友诗集这个想法并非我们首创，《山湖集》的出版也是受了兄弟院校的启发，武汉大学、湖北大学、中山大学都出了校友诗集，我听说华中师范大学、东南大学也都在出书的过程中。这种诗人向大学校园抱团集结的方式是否意味着学院诗歌的回归，这需要探讨，但这是一个值得关注的现象，这个现象也传递着某种信息。新诗百年，成果丰硕，尤其伴随着改革开放的这40年，中国新诗从八十年代的喧嚣焦躁和热闹走入了静水深流之中，并呈现了多元化的格局。虽然现在写诗、读诗的人少了很多，但是当代诗人通过持续性的写作，在诗学观念和美学上取得了很多共识，取得了很多有价值的学术成果。八十年代，学院诗派作为新诗运动中一支非常活跃和重要的力量,也成为后来知识分子写作的渊源。那个年代的诗坛山头林立,流派纷呈。1988年,川上、沉河、黄斌、我、张执浩、阿毛、夏雨、余文德等诗人一起通过《武汉青年报》和《新世纪》民间刊物拉起过"新学院诗派"的旗帜。这些经历是我们青春岁月的留痕,也是诗人心灵史的记忆。更重要的是,通过这种集结方式,武汉高校的诗人建立起了长达30年的友谊,并在知识分子的写作传统的基础上发展出不同个性和风格的诗歌。最近,有人将中国当代诗歌分成了三类:体制内的诗歌、学院诗歌、口语诗歌。这种分法是否科学还需要商榷,其实体制内也有非常优秀的诗人和诗歌作品,学院诗人也写出了很好的口语诗歌,口语诗歌尽管口水较多、争议较大,但同样也有一些好的作品。好的作品都有一些共同的标准。好的诗歌首先是美的诗歌,是发掘了诗人新鲜独特的经验,能够在与世界和生活重建之中发掘、发现出诗性并唤醒心灵、引起心灵共鸣,值得回味的东西。有一点是不用怀疑的:学院诗人仍是中国诗坛一支活跃的、非常有实力的重要力量,真正的诗歌正在回归。

今年是我们母校70周年华诞,庆典之年必有喜乐。《山湖集》的出版必为母校的庆典增添一份诗意的色彩。我想说说《山湖集》书名的由来。大家都知道,我们的母校分为首义校区和南湖校区。首义校区位于蛇山和黄鹤楼脚下,黄鹤楼是一个诗人之楼,留下了许多脍炙人口的诗篇,有些已是千古绝唱。南湖校区则在美丽的南湖之滨。受山湖浸润的"中南大人"必定有着山湖之气。有人说,生活就是一个大的江湖,但我想说,生活就像山湖的倒影。山湖之中有炊烟、有市井,山湖之中有诗意、有诗歌的回响、有诗人的倒影。汇山湖之灵秀,聚诗人之精神。我们的校友诗集就要体现这样一种格局、情怀和精神。

就像气候的变化,秋天即将过去,我们将迎来寒冬,山湖之色也将随着季节的变迁而呈现冷峻之色。让我们以诗歌为粮,抵御将要到来的凛冬,就像我在一首诗里所写:"归去来兮——/流浪的游子/严冬将至/粮仓已满"。愿祖国昌盛,愿诗歌繁荣,愿更多的人都来写诗、读诗、爱诗,用诗歌照亮山湖,照亮我们的生活和人生!

胡德才(著名评论家、中南财经政法大学新闻与文化传播学院院长):

《山湖集》的出版对大学的教育,尤其是文学教育是具有独特的价值与意义的。它既是一种总结,也是一次再出发。我们非常鼓励学生创作,学生一进校都配备了教师给予指导,现在已经有学生写出了不错的短篇小说,也有学生的诗歌在"一二·九"大赛上取得了名次。

荣光启:

我谈一点对这本书和这次会议的感受。第一,我们的诗集本身是收录了很多优秀的诗篇的;第二,我们今天更多的是在谈论八十年代的文学的氛围。这几年中国很多高校都出版了这样的校园诗集。去年12月首届"珞珈诗派"学术研讨会在武汉大学珞珈山庄召开,今年1月《沙湖诗风》湖北大学校园诗集出版研讨会召开,接下来就是中南财经政法大学了,据说华中师范大学的"桂子山诗派"的相关活动也在筹备之中。除了武汉,吉林大学、北京大学也都出版有这样的校园诗集。但在谈论这个问题的时候我想说,我们不仅仅是要回到八十年代的那个环境中去缅怀往事,更应该讨论如何延续当代中国与诗有关的资源,来再造那个使我们写诗的那种环境。我想,各种类似的讲座、活动都是为了凝聚、再造一个能够产生诗的氛围,在这个过程中、在这种努力中我们应该追求的是诗,这与怀念旧时光、怀念故人一样重要。

(嘉宾发言根据研讨会的录音整理)

"山湖诗群"：历史情态与美学风貌
——《山湖集》读感

张德明

近些年来，不少曾在大学期间热恋过缪斯的校园诗人，在离开校园各自打拼多年之后，又以诗歌选本的方式重新集结在一起，这已然成了"当代诗坛的新现象"[1]。仅就我了解的武汉地区，就先后推出《珞珈诗派》《沙湖诗风：湖北大学诗人诗选》等选本，分别展示了武汉大学和湖北大学校园诗人的创作实绩。据悉，体现华中师范大学校园诗人实力的《桂子山诗选》将在近期面世，而武汉地区另外几所高校的诗歌选本，也正在紧张谋划和积极编撰中。校园诗人集团式回归的这种"诗坛新现象"，理应受到我们的关注和重视。

2018年9月由长江文艺出版社出版的《山湖集》，是紧接着《珞珈诗派》和《沙湖诗风：湖北大学诗人诗选》而出现的武汉地区高校的第三部诗歌选本，收录了36位校园诗人的200余首诗作，该选本为我们了悟中南财经政法大学的文学底蕴、领略其诗歌风采提供了一个极好的窗口。我甚至认为，一定意义上，选本是可以使诗歌增值的，通过这样的诗歌选本，我们不仅欣喜地目睹到一批校园诗人的精神复归与艺术重生，还能借此对1980年代以来至今的大学校园文化建设和大学校园文学发展，作出深度的审视与反思，获得某些重要的诗学启示，这或许是《山湖集》带给我们的意外收获。

一、呼之欲出的"山湖诗群"

出现在《山湖集》上的36位诗人，大多是"60后"和"70后"

---

[1] 杨雪莹、荣光启著：《校园诗人集团式的复归：当代诗坛新现象》，《湖北日报》，2018年2月24日第7版。

诗人,分别为原中南财经大学和原中南政法学院的毕业生。也就是说,集子中出现的诗人,主要由两拨人构成,即"中南财经大学校园诗人"和"中南政法学院校园诗人",诗集取名为《山湖集》,也正是取了蛇山(原中南财经大学地处蛇山南麓)、南湖(原中南政法学院地处南湖之滨)两个地理名词中的"山"与"湖"二字来构成的。这一诗集命名,也是颇富深意的,既述说了这些诗人的来历和出处,又尊重了原有两校而今已合并为"中南财经政法大学"的客观现实。《山湖集》的出版,某种程度上意味着,一个以校友为构造基础的诗人群体正式浮出水面。这个群体,我觉得命名为"山湖诗群"是可以成立的。

正如以珞珈山命名的"珞珈诗派"能够代表武汉大学校园诗人群体,以桂子山命名"桂子山诗群"能够代表华中师范大学校园诗人群体,以沙湖命名的"沙湖诗风"体现着湖北大学校园诗人群体的创作特色,以蛇山、南湖两个地理名词的简称形式"山湖"命名的"山湖诗群",也是能鲜明昭示中南财经政法大学校园诗人群体的赫然存在的。与此同时,从诗歌史的视角来看,以胡风为代表的"七月诗派",其名称来自胡风在1940年代创办的《七月》文学期刊;以穆旦、郑敏等为代表的"九叶诗派",其名称则来自1981年江苏人民出版社出版的《九叶集》。而今,《山湖集》的出版,将中南财经政法大学校园诗人的创作风貌整体地展示出来。因此,以这部诗集的出版为契机,将这群来自中南财经大学和中南政法学院的诗人命名为"山湖诗群",可谓适得其时。

也许用流派来命名一个群体,其所体现出的历史意义和诗学价值更为充分,从这个意义上说,将这群诗人命名为"山湖诗派"或许更能凸显其文学史地位。不过,文学流派通常是指"在一定的历史时期内,一些在思想倾向、艺术倾向、审美趣味等方面相近或相似的作家自觉或不自觉地形成的文学派别"[1]。因此，文学史上对文学流派的认定是比较严格的。比较而言，诗群的界定要比流派宽泛得多。从时间和空间维度上，诗群的指认也比流派指认显得更为自由和灵活，而且诗群还具有艺术风格上的包容性和人员构成上的开放性，这就意味着，不仅曾经活跃在中南财经大学、中南政法学院的校园诗人可以进入这个诗人群体，而且2000年两校合并之后，在中南财经政法大学就读并在诗歌创作上体现出突出才华的诗人个体，也可随时添加进这个诗群中来。比如出现在《山湖集》中的杨波、陈瑶、王晶、周琪、舒少文、甘超逊等，就是两校合并之后出现在中南财经政法大学的优秀校园诗人，这说明了这部诗歌选本的包容性，也从一定程度印证了"山湖诗群"命名的合理性。

尽管诗群的命名并不如流派命名那样严密，但一个诗群是否存在并得到人们认可，还必须具备一定的条件，如相对稳定而成熟的创作队伍、一批具有思想内涵和艺术特色的诗歌作品等。我认为，"山湖诗群"是符合上述要求的。首先，这个诗群有一支成熟而稳定的诗歌创作队伍，不少诗人在当代诗坛都具有不俗的影响力，得到诗界同仁的普遍认可，无论从发表作品的数量、质量还是在当代诗坛的影响哪个方面来说，"山湖诗群"的领军人物非王键、阿毛两位莫属，骨干力量则包括王键、阿毛、程峰、刘静、李扬、朱建业、森森、唐驹、程韬光、夏雨等。其次，这个诗群中有不少诗人，已经写出了相当优秀的诗歌文本。如王键《沉默期》《我喝下》《夜航》，阿毛《当哥哥有了外遇》《玻璃器皿》《这里是人间的哪里》，程峰《在冬天写一首诗温暖自己》，刘静《老城纪事》，李扬《献给父亲的诗》，朱建业《我每天都在练习死亡》，森森《书信》《清明》，唐驹《岩石之地》《订单OK》，程韬光《陶渊明》，夏雨《根雕》《剑》等。

---

[1] 十三校《文学概论》编写组编著：《文学概论》，甘肃人民出版社1984年版，第276页。

如果说，在《山湖集》出版之前，中南财经政法大学的校园诗人群体还处于蛰伏期、松散状态的话，那么，随着这部诗歌选本的出版发行，"山湖诗群"便已正式浮出历史地表，这个诗群的赫然凸显，标志着中南财经政法大学的校园文化建设和校园文学创作，就此跨入了一个新的历史时期，迈上了一个更高的艺术台阶。

二、校园的诗意空间

校园诗人在新世纪的群体式集结和集团式复归，已经引起了人们的广泛关注和热议。诗人宋琳将这种现象的出现归因于诗人对当下商业化氛围的抗御，他认为，校园诗人的回归"除了怀旧以及由此引起的甜蜜的忧伤感，对当下物质主义文化氛围的不满是主要原因。"[1]诗评家吴投文则将校园诗人复归与校园文化发展相关联，他说："珞珈诗派打出明确的旗号，以整体性的实力引起诗坛的广泛关注，主要还是新世纪最近几年的事情。这也得益于武大对校园文化的高度重视。"[2]这些分析都是有一定道理的。

在我看来，校园诗人在新世纪的集体复归，是对大学校园所具有的开阔诗意空间的再次指认，同时也是与校园文化建设和发展产生的互动作用所致。这种互动作用体现在：一方面，这些校园诗人借助校园语境和校园文化氛围，为自己的诗歌找到了源发点与根据地，其诗歌创作的艺术生命也得以获至某种意味上的复活和重生；另一方面，借助这些校园诗人复归的风潮和势头，校园文化建设也找到了新的兴奋点和增长点，以校园诗歌创作来推助校园文化发展，也因此构成了不少大学用以提高学生人文素养、增强高校文化氛围与审美品位的重要路径。从这个意义上看，《山湖集》的出版以及"山

---

[1] 宋琳语，转引自黄纯一著：《走近校园诗歌：在物质年代重燃精神的火种》，《文汇报》，2013年6月14日第9版。

[2] 吴投文著：《珞珈诗派的过去和现在进行时》，《写作》，2018年第4期。

湖诗群"的凸显,对于中南财经政法大学的校园文化建设与发展来说,是极有意义的。

大学校园是一个洋溢着诗性和诗意的文化空间,这在《山湖集》中得到了有力的证明。大学校园之所以诗意葱茏,主要在于生活在这个空间的主人公——大学生,几乎都有一颗怦怦跳动的诗心。吕进先生指出:"大学生是一个生活状态、文化心态、审美情态都有自己特点的青春群体,他们的年龄是诗的年龄。可以说,大学生几乎都是天生的半个诗人。每一个知识分子在回忆自己的青春时期时,几乎都会谈到他在大学时代曾经写诗的经历。"[1]这段话强调了大学生与诗歌之间不可分割的内在关联,与大学校园实际是贴合的。《山湖集》收录的不少诗歌,正是诗人们在大学时代写下的反映大学生生活、情感与思想的艺术作品。"真想栽种点什么/方格稿纸上/尽长些三月的小花小草/可这是在冬天里/北方的湖泊都已封冻/你很想变成候鸟/心却飞不起来/南方的冬天依旧寒冷/我以温暖的心窝等你/来我的春天垒巢"(程峰《在冬天写一首诗温暖自己》),大学时代对情感的渴慕、对爱情的等待与执着,在此可见一斑。"携一路风尘/一曲唐诗袅袅的余韵/一缕《本草纲目》中烹得发烫的/细致的药香/从几千里外/向你匆匆走来"(刘静《独活——由一味中药谈起》),将泛着苦味的中药写得那样香味浓郁、文化底蕴十足,显示了大学生追求知识的热情和乐观开朗的情怀。

某种程度上,大学校园与中国新诗之间,存在着相互激发、互相促动的关系。一方面,校园为诗歌的生成提供了良好的氛围和阔大的空间,另一方面,当校园进入诗歌表达之中,它已不再是原初意义上的物理场域,而是被塑造成了诗意校园、诗化校园,校园生活也因此变得多姿多彩、有情有味,"校园在诗歌中已经成为了诗化校园,它来自现实校园,又和现实校园拉开了距离;它将现实校

---

[1] 吕进著:《校园文化与校园诗歌》,《江汉论坛》,2003年第7期。

园拆成零件,然后再将现实校园按照诗美规律重新组合,让校园获得诗的灵气,发散诗的韵味、幻象和魅力。"[1]在《山湖集》里,我们可以发现不少彰显校园与校园生活的灵气与韵味的诗歌。这里有对青春情绪的匪夷所思的想象:"思念如果有温度,/要多少度才最相宜?//我想是24℃的月色轻笼荷塘,/微醺的空气中腾腾袅起的烟草。//我想是24℃上下的鹊桥会,/每一朵星云都缀满了你的名字,/撩拨着和你触碰的体温。"(陈瑶《24℃》)这里更有对亲情的铭记与礼赞:"世界那么大/只取夏景村掏心掏肺/藏匿酒杯和爱情/劫持一草一木/恨不得石头也蹦出粮食来"(李扬《献给父亲的诗》),"母亲/我见你,是雏鹰展翅/我见你,是倦鸟归林//……只愿你的岁月如同门口的山茶/在斑驳的发间开出妩媚的花/当这花朵滴下了第一枚露水时/请眺望我/芬芳的春,繁茂的夏"(王晶《归期》)。

大学校园是诗意盎然的精神空间,它孕育的校园诗歌显示着许多独到的艺术特征和美学魅力。这些诗歌往往情绪激扬,情感深切,充满着浪漫的情怀和奇妙的想象,将校园文化与大学生活的诗意色彩艺术地彰显出来。不过,校园诗歌往往存在着不可避免的短处和痼疾,它们难免会显得文笔稚嫩,情感单纯,思想简单,缺乏情绪的繁复性和思想的纵深度。因此,校园诗人只有学会走出"校园",突破校园的某种拘限,在更宽广的视野和维度上捕捉诗意、表达诗情,其诗歌才能达到更高的艺术境地,凸显出更充分的审美品质。事实上,来自"山湖诗群"的王键、阿毛、程峰、刘静、李扬、朱建业等诗人,而今早已突破了校园诗人的藩篱,作为普泛意义上的诗人执着坚守着缪斯的阵地,他们的诗歌,已经在当代诗坛立住了脚跟,找到了属于自己的位置。

---

1 吕进著:《校园文化与校园诗歌》,《江汉论坛》,2003年第7期。

三、"山湖诗群"的当下美学样态

《山湖集》的出版,意味着一群有着相同的大学出身、相似的学习经历的校园诗人的重新集结,而其中那些已经走出"校园"、在当代诗坛上获得立足之地的优秀诗人的存在,既使这部诗歌选本的美学质地得到有效保障,也为"山湖诗群"的存在注入了历史合法性。我认为,这批诗人的存在,无论是对于提升母校的知名度而言,还是对于促进大学校园文化的深度发展来说,都是具有非凡意义的。《山湖集》辑录了很多诗人近期创作的不少诗作,可以说为我们了解"山湖诗群"的当下美学样态提供了丰富而精彩的诗歌文本。

大学一定程度上构成了很多诗人进行诗歌创作的源发点和根据地,但真正的诗人不应该永远滞留在大学的领地上,而应该向更开阔、更深远的地带进发。换句话说,真正有抱负的诗人不应该只满足于被人称赞为"校园诗人"的名号,而应该有意识地"去校园化",在更具普遍意义的人伦世界和价值维度上来寄寓理想、抒发情志、表达思想。只有积极走出"校园",才能真正走向诗歌。而且,在大学校园里能写几句诗,其实还算不上真正的诗人,真正的诗人应该是那些走出大学校园、走向新的工作岗位后,还在不辍笔耕、继续创作诗歌的人。在我看来,来自"山湖诗群"的领军人物王键、阿毛,以及骨干成员程峰、刘静、李扬、朱建业、森森、唐驹、程韬光、夏雨等,在走出"校园"后,仍然迷恋着缪斯,他们近期创作的诗歌,观照视野极为开阔,表现题材相当广泛,表达的主题较为深邃,选用的意象格外奇崛,体现出较高的艺术品质。

这些诗人的诗歌,因此具有了不少可贵的品质:首先体现着视野的开阔性。时间的古远与当下,空间的巨大与细微,情感的多种层面与色调,乃至心灵世界一点一滴的律动,都能在他们的诗歌中找到踪迹。视野的开阔自然带来了诗歌题材的多样,既有对古典生活的理解与想象，如程韬光《陶渊明》、朱建业《滕王阁与王勃相遇》，又有对当下现实的直观，如阿毛《女邮差》、程峰《我与去年一拍两散》等；既有对身边景观的描摹，如李扬《关于春天的日记》、森森《油菜花》、翟俊武《街区花园》、苏以恒《深圳之春》等，也有对异域风景的想象，如王键《冬天的爱德华王子岛》、白政瑜《月色王城——圣彼得堡》等。

其次体现着情感的丰富性。一般来说，校园诗人的情感色调往往是明朗而单纯的，走出"校园"的诗人，其诗歌中的情感色调更为繁复，情感的内蕴也更为丰富。王键的《我喝下》如此写道："我喝下／明日为我／秘制的／药丸。那药丸／有梦幻般的颜色。／／杯中还有酒。我敬这／果子成熟的秋天／我敬星空，／星汉的长廊辽阔／流火似锦。／／白天，我苟且忙碌，／我的精神萎靡；夜晚，我的血被换过一次。／／我喝下那带腥味的液体／我喝下来自今日的愤怒和叹息／我喝下明日的梦。去梦里／我喂养星星，放飞一只鹰，并将火／从石头里取出。""喝下"这个简单的生活举动里，竟能衍生出如此多的故事与念想，足见诗人情感之丰富和细敏。《山湖集》中，呈现复杂情绪色调的诗歌还是不少的，如阿毛《有诗》、夏雨《醉在精神病院》、朱建业《我每天都在练习死亡》、胡丹丹《巨石之花》、陆海峰《梦在地铁入口处》等。

再次，体现着思想的深刻性。诗人并不一定要做思想家，但优秀的诗歌往往会蕴涵深刻的思想，诚如美国诗人加里·斯奈德所言：诗是"形而上学的巉岩上的砌石道[1]。"在《山湖集》里，阿毛《玻璃器皿》、王键《沉默期》、李鸿鹄《脊椎》、夏雨《剑》等诗作都不乏意味深长的思想内涵。《玻璃器皿》全诗为："它的美是必须空着，／必须干净而脆弱。／／明亮的光线覆盖它：／像卷心菜那么舒惬，／／或莲花那么圣洁／的样子。／／但爱的唇不能吻它，／一颗

---

[1] 沈奇选编：《西方诗论精华》，花城出版社1991年版，第3页。

不能碰撞的心；//被聚焦的夜半之光，/华服下的利器！//坐不能拥江山，/站不能爱人类！/这低泣的洞口，/这悲悯的母性。//你们用它盛空气或糖果，/我用它盛眼泪或火。"既有生命无奈的感慨，也有对女性的关爱和怜惜，还有对美本身的某种思考，其思想的深刻性和丰富性是较为显明的。

此外，还体现着风格的多样化。"山湖诗群"的诗人，有以意象抒情见长的，也有口语直书为主的；有凸显着鲜明现代主义精神气质的，也有融浪漫主义与现代主义于一体的；有长句铺排的显得汪洋恣肆，有以短句见长的显得快捷简明；有语意通俗易懂的，也有表意含混繁复的。多种多样的艺术风格，促成了"山湖诗群"审美形态上的丰富性，也是诗人们真正已走出了"校园"、走进了诗歌的某种反映。

毫无疑问，走出"校园"、走进诗歌的"山湖诗群"诗人们，已经在诗歌创作上取得了极为丰硕的成果。更令人欣喜的是，他们至今都没有停止前行的脚步，他们的诗歌之路，还将不断向前延伸。

诗人的山湖在山湖以外
——读《山湖集》

李鲁平

近几年校园诗歌以一种新的方式或面貌出现在诗坛。各地高校不断汇编出版历届校园诗人的作品。武汉地区也是如此，武汉大学、湖北大学、中南财经政法大学、华中师范大学、江汉大学等都出版了校园诗人合集，武汉大学、江汉大学还出版了校园诗人专集。这些成果既是校园文化的一部分，也是一个城市的诗歌氛围，是繁荣诗歌创作的一种手段和方式。

《山湖集》是中南财经政法大学校园诗人的一部合集。诗集收入了不同时代的 36 位校园诗人的作品，其中很大一部分是二十世纪八十年代中期的校园诗人。当时地址在武昌阅马场的学校还叫湖北财经学院，1985 年下半年湖北财院改为中南财经大学，但我们一直习惯叫湖北财院。我印象中，当年与财经学院的校园诗人有过接触，还读过这个学校文学社办的《开拓》杂志，但很多年过去，如今面对这部《山湖集》中的诗人姓名，却回忆不起来见过的那些青春的面孔。但这不妨碍我从他们的诗歌中重新想象一个时代的心灵和精神。当然也有更多的是后来的校园诗人，二十世纪九十年代和新世纪的校园诗人。这些后来的诗人大约都是"70 后""80 后""90 后"。《山湖集》选编的诗歌并非全是诗人在大学时代的创作，而是不同时代的诗人离开校园以后的新作或代表作，尽管如此，不同时代诗人的不同风貌、不同风格还是清晰可见。

以程峰、刘静、王键、阿毛、程韬光为代表的早期校园诗人的创作保持着一种可感的质疑与批判、锋芒与锐利。程峰的作品就有一种短兵相接的味道，他的每一个短句就如铁棒，敲击着阅读者的心。《冬至》就是这样一首作品。"陌生人，在你迟疑的时候／我已经抢先一步／踏入了夜晚／我必须走得快一点"，这种直截了当，简短而迅捷的节奏几乎贯穿在程峰的大多数作品中。诗人接连以"陌生人，在你低头寻找的路上""陌生人，在你沉默的时候"推进自己的思绪，"迟疑""寻找""沉默"既是三个时间点，也是三种空间状态，但每一种都保持着铿锵的速度和节奏，其中蕴含着世界的流转。"我的手心里"没有雪花，"你的手心里"没有寒星，匆忙的行走最后无比接近的是温暖和晚餐，寻找的最终结果是，灵魂原来一直在世俗的寒风里。这种在"冬至"将至发出的感叹，来源于对理想、幸福、爱情、温饱的渴望与失望。应该说，程峰的此类作品既充满理想主义，也分明表达着迷茫与伤感。一盏马灯，一顿晚餐，就可以对青春的热情予以沉重的打击，正如诗人所写"它比理想更靠近幸福／它比玫瑰更靠近爱情／比饥饿更靠近面包／它比你／更靠近我……越来越接近壁炉边的晚餐"。刘静作为同时代的诗人，无疑也会写到"理想"，这几乎是一种本能，"江山破了／理想活着／敌人死了／而你活着"（《丛林里请忘记你自己》）。这种情感当然不会止于"丛林里"的感受，也会洋溢在男女之间的爱恋中，"请等我／在黄昏的雨后／在青萍浮动的那端／……爱像熟透的果实／不敲也会坠落""请一定紧紧拥抱我／像泪水拥抱眼珠／像泥土拥抱荒冢……"，这种情感的表达，只属于一个时代的诗人，他们相信未来，他们相信爱以及美好，因此，他们总的来说是理想主义结出的果实。

王键的诗歌与刘静和程峰稍有不同。诚然，他也抒发过壮怀的激情，"越洋的漂泊比起新生／算不了什么／你把它看成是生命的一次拔河／距离的扩大／也在无限扩大／人生的广度与深度""在十月风霜染红大地的时候／你将自己燃烧成一片红叶／丰腴成熟的大地／回响着你回家时雄壮的／欢呼"（《一生的远足》），像这样对待人生长短和迁移、漂泊的，如今可能少见。但对于"60后"大学生而言，再正常不过。在他们成长并建立起人生观的时代，这种充实的人生，这种壮阔的胸怀，这种澎湃的豪情，就是时代的脉搏和精神的图画。但王键也是变化的，他的24章长诗《夜航》在这种"60后"惯常的人生思考过程之外，融入了更多的超越自己的内涵。这种超越性表现在于视野的宽广和观念的转换。"我们被那个破损的星球／流放／原因只有一个：我们是那破损的／罪人"，在黑夜里航行，恍如罪人被流放，这种看似并非有根有据的联想，恰恰超出了具体的"罪"，是道德沦丧？技术滥用？还是环境污染？但在"星球"的视野里，一切都是，一切都不是。它的根源在于"罪人"概念产生的地方。这显然是另一种看待人的方式。虽然诗人没有注明诗歌创作的具体时间，但显然诗人探讨了今天已经深入人类生活的大尺度的概念或关系，如空虚与黑洞。同时，诗人也并非始终漫游在星际或天空之上，而是不断与人间保持联系，亲密与陌生，北京与纽约，手机信号与邮递员，喀秋莎与炮火，房贷与体检，等等，这些看似纷乱的意向，在飞行过程中，在一场梦魇中，随着空气和飞机的升降动作而不断变化，让一场飞行穿行一生并成就诗人关于一生的思考。有一点我们需要注意的是，诗人的24节断章，并不混乱，从开始提出罪人的漂泊和流浪，到最后"我想象着死亡的突然降临"，墓志铭上刻着的是"他死后变成了一个好人"，"如果这是我的最后一日／我宁愿我的肠胃／干净"，渴望从"罪人"到"好人""干净"，避免被星球"流放"，我想是诗人"夜航"最深刻的体验。

作为女诗人，阿毛与同时代的刘静有着明显的不同。同样是写，阿毛没有如刘静那样的柔情似水，而是以短促、快捷的速度告诉你，"爱我来不及爱的人／因为他，我甚至／爱这个世界的苍凉／和尖锐"（《光阴论》），这种方式有如程峰，但比程峰的表达更理性。我曾经把阿毛的诗歌列为女性怀疑主义的代表，现在也觉得没有必要改变这一观点。她的性别意识是强烈的,如《她传记》《女邮差》,无需审视内容,单看标题就能感受到诗人对世界的警惕和怀疑。她的诗歌,一方面有自觉的女性集体意识,如诗人写到"为了经常望见／或开或闭的门窗／成就个体的情史／或集体的理智／我做了个女邮差",应该说这个"女邮差"的角色并不伟大或光荣,但它体现了一种在男人世界区别出来的女性意识;另一方面,这女性意识因恍惚的神情,或摇摆或犹豫或怀疑,却反而凸显神秘和深意,"生活从此像施了魔法／成了传奇／千万个她此起彼伏／又形单影只／我揣着她的传记／转身消失在夜幕里",千万个她都是形单影只,这种感受充斥着喜悦与伤感,瞬间就露出了一种强大的女性意识。

程韬光多年来研究和传播杜甫的诗歌精神,他的诗歌也折射出深厚的古典诗歌的修养和积淀。但我们仍然能感受到诗人的创新,他的诗歌往往在看似传统的叙述中,突然以惊艳的新奇打住,如"打着呼哨的流星呵／在风中说:就这样了／一生"(《怅望家山》),"秋天,我们是你小小的孩子／在你的果园里／奔跑,月光／把我们洗得干干净净"(《歌唱秋天》),让我们感受到,这位杜甫专家突然转了一下身,并有风吹过,有光闪过。

佩韦、白政瑜、易春雷、杨波等都是七十年代以后的诗人,比较起来,这些诗人更关注自我以及内心,如杨波所说"我只能做一盏灯／坐在内心的缺口里／等待一阵吹拂的风／把心指给你"(《秋天》)。他们对生活的看法和态度毕竟有所不同,"放下入世的蓝瘦香菇／卸下那些自以为是的生活／我们豪饮二十多年前的秋月……万物终会与今宵生离／我们握手挥手钻进各自的车里"(易春雷《聚在四三草堂》),他们放下了前一代诗人放不下的羁绊,在现代都市的日常世界构造诗意,连暑假的到来、对孩子的等待,都可以散发出前一代诗人以农村背景的乡愁,"每到七月的深夜／你必须守在窗前成为家的指示／容颜越老／孩子的归期越近"(佩韦《七月的窗前》）。这种旨趣在不同代际的诗人之间是如此不同，以至于年轻的一代可以把中国的生活智慧用于劝导西方女性，"你的青春你的美丽／就这么被烟熏烤／不如我教你打中国麻将"（白政瑜《抽烟的俄罗斯美女》）。对现代世界日常的进入以及诗意的发现，以此安慰处于现代性中极不确定的每个碎片，这何尝又不可以？因此，这些后来者虽然没有宏大的叙事和关怀，仍然在诗歌中建构着个体的体面，仍然值得尊敬。

湖北财经学院1985年下半年就改为中南财经大学了，1984年由湖北财经学院分出去的法律系成了中南政法学院，2000年两校合并，蛇山南麓的中南财经大学和南湖之滨的中南政法学院，就成为有两个校区的中南财经政法大学了。这部诗集因为中南财经政法大学有蛇山有南湖，所以取名为《山湖集》，整个诗集中却并不见对学校所在的"山湖"的描写。当年的学校对面就是蛇山，那是真正一座有历史积淀和内涵的山。山上不仅有著名的黄鹤楼和岳飞庙，张之洞在那里办过方言学堂、武昌高师，纪念张之洞的抱冰堂也在学校对面。这些当然也是这所学校的一种历史文化依仗。无论哪一代，我们发现诗人们的山湖都在山湖之外，但最终的结果是明确的，今天的《山湖集》是在一个新的时代，积淀着依蛇山傍南湖的这所学校的文化。

在规训与自我启蒙之间寻获灵光
——评诗选《山湖集》

夏 宏

一

时下，国内高校校友诗集的出版渐成风气，仅在武汉地区就有武汉大学、湖北大学、江汉大学等高校陆续推出校友、校园诗歌选集，由此而展开的校园诗歌活动也声色渐起，研讨、讲座、朗诵……评论家荣光启认为这种"校园诗人集团式的复归"是当代诗坛的新现象，"把它当作当代中国诗歌某种内在的发展脉络在重新凸现，它带来的是当代中国诗歌的某种复兴"，进而敏锐地提出"诗歌在今天的某种复兴，它到底是以什么样的内在逻辑在复兴"这样的问题[1]。

中南财经政法大学诗人诗选《山湖集》于去年 9 月出版，随后亦有校友诗人的集聚和校方组织的研讨活动，乍看起来，此为"现象"和"问题"中的一个较为独特的样本。其独特性显见于诗集作者的专业出身、社会职业与诗歌写作之间非比寻常的关联上。36 名作者中，1984 年至 1995 年间在合校之前的中南财大、中南政法就读本科的有 23 人，所学专业以经济学、法学两科为主，毕业后大多在法律、经济领域从业，迄今只有阿毛、程韬光这 2 位供职于文学界。"不务正业"而进行文学创作并结下硕果的案例，中外都不乏见：卡夫卡、史蒂文斯都毕业于法律专业且都是供职于保险公司，佩索阿的职业是会计，海子在北大求学所读的也是法律专业。从个体看，写作机缘一般会各各不同，其所学专业、谋生职业并非决定性因素；但像中南大这般出现人数多、持续性强并且重新开始集结的诗歌写

---

[1] 杨雪莹、荣光启著：《校园诗人集团式的复归：当代诗坛新现象》，《湖北日报》，2018 年 2 月 24 日第 7 版。

作现象，其缘由就不仅仅是个体性的。

二十世纪八十年代的诗歌热，可以看作那个时代人的主体性复苏、崛起的一种表征。伴随着对内改革、对外开放的时政，思想、文化上的"新启蒙"运动对包括高校在内的社会诸领域都产生了洗刷和重塑主体价值观的影响，其中关于人的独立、自由的主体诉求和思想建构，在高校师生中表现尤甚，他们是主要的引进者、推广者和践行者，这正好与该时期中国高校"精英式"教育状态相应。由政治运动带来的思想规训和精神苦难是集体性的，个体的精神思想解放也有赖于整体性的运动所带来的契机，诗歌作为精神建构的重要内容，也最为敏感，一旦出现或者争得了自由表达的契机，它就开始摆脱规训，迅猛地生长和繁茂，体现在中国新诗的历史运动上，可见其发端于"新文化运动"，在大陆复兴于"改革开放"之初，高校为重镇。从此来看，当代大陆新诗的"地基"在八十年代，所以我以为复归、复兴之说，不仅针对着诗歌创作这种形式和诗歌活动而言，也是指在人文精神、思想上溯源的表现，至少是怀念，借用《山湖集》中王键的诗句来说，"从淡水到海水／从海水到淡水／仍然是从水到水／那些不变的东西都是永恒／变化的则像这大海一样深邃和壮阔／你无情的远足啊／暗合着鲑鱼的一生／耗尽生命却不过是为了／最后的回归"（《一生的远足》）。

二

细入一些来看，《山湖集》的独特性还在于作者的专业知识背景与诗风之间、职业背景与诗歌题材之间形成了反差，诗歌的"补缺"意义在此显现。

社会科学中的法律、经济专业的训练，相较于人文学科中的文学、艺术专业重于感受力的训练而言，显然偏重于理性、逻辑和思辨能力的建构,而《山湖集》的整体诗风却显现出浓郁的抒情性。在程峰的诗行中,对温情的诉求很显眼,"南方的冬天依旧寒冷/我以温暖的心窝等你/来我的春天垒巢"(《在冬天写一首诗温暖自己》);李鸿鹄写达不到的爱当中忧伤入骨,"你一生都在泅渡/而时间波涛的汹涌/只送给你一个孤岛的国籍"(《思念一个人》);即使是在歌唱收获的季节,程韬光的诗也饱含着惆怅而咏叹,"船夫把希望一把一把地/扔进水里/浪花叹息着熄灭……"(组诗《歌唱秋天》)。诗集中每每可见对亲情友爱的书写,由家园故土和自然、时节而生的悲欣唱叹,乃至可称其为一本以情为本体的诗集。其抒情,在表达上大多比较直接、明晰,所用的意象和对情感的描摹很少引发歧义,因此而构成了一种较为纯粹的抒情品质。以我的视野来看,这些"情动于中而歌咏之"的诗,可能在技艺上有参差之别,但其整体上纯真至粹的品质令人想到诗歌的源起,人的生命中、社群里为何会有诗歌?现代高等教育的分科越来越细密,人文、社会、自然学科的分列教化中,隐含着分裂完整的人或者说潜在的理想之人的危险,尤其是在实用性、功利目的越来越彰显的教育状态中,审美一维因与功利性生存相隔甚远而易遭忽略,抒情诗的写作正是一种可贵的"补缺"方式,它的无用之用维系着人的情感、性灵空间的正常运转。中南大出现了诸多抒情诗人校友,与曾经的高校诗歌热潮有关,更与他们在专业教化之外的自我启蒙有关——在智识之外自我训练并延续着审美感受力的建构。这也应该给我们以启迪:无论在哪种学科、专业受教育,都需是有情之人、有灵之人,单一维度的分科教化极有可能会"伤人"。

综观《山湖集》,几无和财经、政法直接相关的素材出现,也许这只是编选的结果?唯有朱建业的一首《杀人犯朱建业》中抒写了与此有关的感触:"安徽界首的杀人犯朱建业死了/深圳的诗人朱建业还替他活着/怪不得我常感罪孽深重/突然产生了一种悲悯/

古今多少个朱建业把余罪托付给我／他们在另外的世界是否安宁"。生发这种罪与罚的荒诞感，其实也并不需要专门的职业背景。《山湖集》中多见的题材有两类：写景抒情、人生感怀。其间，诸多诗篇在抒情与感怀中呈现出伤痛、失落乃至尖锐批判的意绪，佐之以对光亮和安宁的寻求，如刘静这般铿锵地抒写，"当舍弃了一切尘嚣／一切伪装／淬火而出的躯体／如一只疼痛的夜莺／当穿过静寂的黑夜／以鸟的姿态／在你的身后疲惫地滑行／请一定停下脚步／等我"（《等候》）；如陆海峰借景抒情，"此刻，所有虚伪的外衣都已剥落／寒夜里，所有尘世的苦难／都化作心中的甜蜜／如冬夜里这一轮皎洁的圆月"（《冬月》）。一般而言，诗歌在意绪的表达上是无可藏的，像这里出现了"伪装""虚伪"，表明对人情人性或者世态进行过道德判断，批判之意和不满、不甘之情自现。

结合二十世纪九十年代以来的社会转型来看，我们不难发现，随着市场经济的兴起和商业意识形态的强势生成，极大冲击了人的心灵，在价值观上追求多元化的、自由选择的八十年代人文理想退潮，经济、法律领域的从业者更直接地面对着时代新潮的冲洗和规训。可以说，诗歌写作再一次成为业余写作的中南大诗人们的"补缺"方式。程峰在《山湖集》研讨会上说："我现在干证券分析，也是在做跟人性相对抗的事情。这是我的职业、工作。但是诗歌对我们来说就是一个表达方式，让我们在金融这样'反人性'的行当里面保留人性的光辉。"那么，职业内容没有成为中南大诗人们的诗歌题材，我以为可从两个层面来解释：一是他们已经将职业经历中的感受移情到对生活、景物的抒写中；一是诗歌写作对他们而言类似于宗教的礼拜仪式，替补着世俗生存中的精神缺失。

三

《山湖集》展示了中南大校友诗人三十多年间诗歌创作的部分成果，代表性诗人王键、阿毛的诗歌写作活跃至今，其诗艺早已越过了校园诗歌的框架而汇入中国当代诗的探索、流变中，但其诗歌品质、精神取向与八十年代在母校所受到的教育熏陶不可分离。

王键是企业家，也是业余写作的诗人。他的诗歌，沉稳中暗含着激情，情动之中不断地穿插着智性的反思与追问（这一点在此诗集中较为独特），读起来气韵饱满，富有节奏感，如《一生的远足》中，起首描摹人生长旅如鲑鱼向死而生的一生历程后，即转入对此种历程的探问与感悟，"仅此一次的迁徙，为何／在胜利逃离之后却又／满含泪水？所谓的胜利换来的／不过是牺牲／事物的悖论总是纠缠／它发亮的部分仿佛这冬季／漫长的细雨，洗涮得一切都是崭新／而它灰暗的部分同样如这细雨／阴郁，挥之不去。"他的诗歌节奏不仅来自对情感起伏线路的摹写和对意念转承轨迹的勾勒，还源自随之而生的熟稔的换气。往往，现代诗歌文本中的独特修辞、语言意蕴更为引人关注，而气息的流动状态即使被感受到，也会因为被认为是次要的而遭疏忽，乃至在由它引领我们进入并沉浸于一首诗或者因其而拒斥某些诗篇的时候，我们可能将理由放在别的因素上。诗歌中，气息的流动犹似隐在的机枢和窍门，我以为诗人王键在抒写中掌握了换气的某种秘密，其诗歌文本因此而获得了人的生命与精神相应的律动感，甚至可以把其诗意抒写的过程视为一种自觉呈示的换气过程——不仅有运动、起伏、爆发，还有恰如其分的节制、停顿。以乘坐国际航班为题材的组诗《夜航》，充分展示了这种诗艺，譬如第十三章的描叙、换行都于沉稳中向冷峻急促的呼吸感转变，"有一阵，机舱里安静极了／灯光全都熄灭，机舱的黑同／外面的浑然一体了／／我看见，无数的头颅在黑暗里／泅渡。"第二十章与之呼应，但用了一个坚定的判断句收住情感的喷发，顿生大开大合之气，"飞机从海里爬上陆地，又／从陆地越过海洋／像一头鲸挣扎着／从海里跃起，又跌落——／要逃离水的界限和规定"。

王键对诗歌语言的律动、节奏颇为敏感，他在不同的诗歌中写到过："在四声调的变奏之中，诗人／用冷锹挖掘词根——"（《沉默期》），"碎裂的语言失去／音律——／它有迷人的黑洞之美"（《迷人的房间》）。黑洞之美，他感悟并呈现了语言的某种隐秘，"我陷入词的空虚与黑洞"（《夜航》），"在裸露与隐藏之间／词语慢慢张开了它的眼睛"（《冬天的爱德华王子岛》）。这是一种现代性语言观的体现。由此延伸可见这本选集中，王键所抒写的诸多对象都处于受困状态，黑暗深处的、水下的、核桃壳里面的，因受困而生意义，也因黑洞难解而生神秘诱人之光。他的情思由"困境"而展开，抒写在沉陷中突围的过程，越是在困境中，越是会有意识地换气，以寻求自由呼吸的生机，"天，一下子亮了。我从／逼仄的座位上起来／向空中舒展蜷曲已久的身体"（《夜航》）。所以在我读来，王键的诗歌在精湛的换气技艺中，散发出隐喻与生命质感相融之美，其诗歌所抒写的既是个人的命运，也指向时代的精神黑洞。

四

阿毛是国内诗坛著名的女诗人、专业作家，除了诗歌，她在散文、小说写作上亦建树颇丰。

写作上训练有素，其诗歌显示出非凡的技艺，比如：在两行体的形式下对素材进行剥离，直取核要，构造出突破形式规范的爆发力，"这低泣的洞口，／这悲悯的母性。／／你们用它盛空气或糖果，／我用它盛眼泪或火。"（《玻璃器皿》）；在叙事中转向戏剧性独白，由混搭而带来惊梦般的抒情效应，"花园这边我在看书／花园那边一个女孩在唱戏//她的唱腔和身段/牢牢吸住了我的目光//我突然听到自己/胸腔里的啜泣声//……"(《花园的下午》)。她的文本可能还透露出一种可让人回味良久的诗学观——文学艺术是现实与虚构两面一体的生活读本,"看到自己的名字/被安在一个虚构的人身上//她咯咯地笑了//……//我揣着她传记/转身消失在夜幕里"(《她传记》)。

　　此选集中阿毛的诗歌,最打动我的是其间贯穿着一位母亲的形象,一种奇异的母性光辉几乎投射在每一首诗中、每一个对象上。"她"在衰老却葆有再生的活力,"带出我身体里一群美丽的/姐妹和儿女"(《花园的下午》);"她"经历过孕育而知人世的悲欢圆缺,"我很担心身边的年轻情侣/一下子用完他们的爱情"(《紫阳湖长廊记》);"她"体察、洞悉了自我救赎之难而献出女娲式的爱,"……我把碎玻璃/砌成了教堂的穹顶"(《有诗》),"爱这个世界的荒凉/和尖锐"(《光阴论》)。"她"又只是在注视着,甚至从诗行间注视着写诗之人。我从阿毛诗歌里所领会的并且力图做出诗意阐释的这种光晕,就是爱,不论它是圣爱、仁爱还是市井凡身的亲爱,往往因为我们于演变中缺失了它而返身诉求它,才可能会有诗歌来引路。

（以上文章载于2020年第1期《长江文艺评论》校园诗歌研究小辑,有删改）

（鄂）新登字08号
图书在版编目（CIP）数据

山湖集.2022年卷/王键,阿毛主编.—武汉:武汉出版社,2023.9
ISBN 978-7-5582-6155-8

Ⅰ.①山… Ⅱ.①王… ②阿… Ⅲ.①诗集—中国—当代 Ⅳ.①I227

中国国家版本馆CIP数据核字（2023）第144947号

山湖集.2022年卷

| 主　　编：王　键　阿　毛 |
| 责任编辑：赵　可 |
| 助理编辑：王　玥 |
| 封面设计：刘　蕾 |
| 出　　版：武汉出版社 |
| 社　　址：武汉市江岸区兴业路136号　　邮　　编：430014 |
| 电　　话：(027)85606403　85600625 |
| http://www.whcbs.com　　E-mail: whcbszbs@163.com |
| 印　　刷：湖北恒泰印务有限公司　　经　　销：新华书店 |
| 开　　本：787 mm×1092 mm　1/16 |
| 印　　张：21　字　　数：262千字 |
| 版　　次：2023年9月第1版　2023年9月第1次印刷 |
| 定　　价：74.00元 |

版权所有·翻印必究
如有质量问题,由本社负责调换。